DREAMBOOKS ★

Yvette & Basseris

정령의 펜던트

ORIGINAL FANTASY STORY & ADVENTURE

발렌 판타지 장편소설

★
dream
books
드림북스

정령의 펜던트 17 가족의 탄생

초판 1쇄 인쇄 2021년 11월 9일
초판 1쇄 발행 2021년 11월 23일

지은이 발렌
발행인 오영배
편집 편집부
일러스트 보살
표지 · 본문 디자인 오정인
제작 조하늬

펴낸곳 (주)삼양출판사 · 드림북스
주소 서울시 강북구 도봉로 173
대표 전화 02-980-2112 **팩스** 02-983-0660
편집부 전화 02-987-9393 **팩스** 02-980-2115
블로그 blog.naver.com/dreambookss
출판등록 1999년 3월 11일 제9-00046호

ⓒ 발렌, 2021

ISBN 979-11-283-7105-9 (04810) / 979-11-283-9513-0 (세트)

드림북스는 (주)삼양출판사의 판타지 · 무협 문학 브랜드입니다.

17
발렌 판타지 장편소설
ORIGINAL FANTASY STORY & ADVENTURE
가족의 탄생
정령의 펜던트
dream books
드림북스

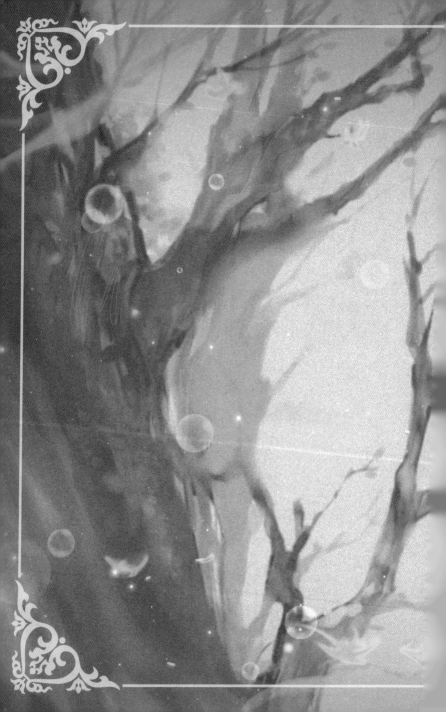

목차

Chapter 1.
엉킨 실타래

1.

아이작은 꼬박 이틀이 지나도록 일어나지 못했다.

근 20년 동안 존재조차 몰랐던 딸이 갑자기 등장했다.

뿐인가.

그가 일평생을 사랑했던 여인, 클로에. 죽은 줄로만 알았던 그녀가 살아 있다는 소식을, 자신의 딸이라는 라나사의 입을 통해서 들었다. 거센 충격이 그를 집어삼키며 온몸에 신열이 들끓었다.

뜨거운 열은 계속해서 오르다 내려가기를 반복했고, 그때마다 아이작은 의식을 잃은 채로 발작하며 마치 주문이라도 외듯 뜻 모를 소릴 외쳐 댔다.

그건 독기로 무장하고 있던 라나사에게도 자못 충격적이었다. 아무리 놀랐기로서니, 그게 이렇게 실신까지 할 일인가 싶었다.

그는 무려 만월 기사단이었다. 척 보기에도 강인한 인상의 그는 나이답지 않게 탄탄한 근육질의 신체를 자랑하고 있었다.

그런 자가 이틀씩이나 침상에서 내려오지 못한다는 게 라나사는 물론이고, 바율과 친구들로서도 상당히 의아스러웠다.

덕분에 그들은 작년에 이어 또다시 축제를 즐기지 못했고, 참여하기로 했던 여러 시합과 행사에서도 빠질 수밖에 없었다.

이쯤 되자 혹 축제의 여신에게 미움을 받는 것은 아닌지 의심이 갈 정도였다. 내년 가을 축제 역시 사건 사고에 엮이는 것은 아닐까. 미리부터 불길한 예감에 사로잡혔다.

똑똑.

아카데미 측에서 축제에 참석한 란데르트 공작을 위해 교내에 특별히 개인 공간을 만들어 준 덕에 바율은 점심나절, 아버지의 명으로 라나사와 함께 그곳을 찾았다.

"이리 와 앉거라."

안에는 공작만 있는 것이 아니었다. 세이모어 백작과 로건이 먼저 와서 그들을 기다리고 있었다.

"얼굴이 그새 반쪽이 되었구나."

라나사를 향한 세이모어 백작의 표정이 안쓰러운 듯 흐려졌다. 그에게는 처음 생긴 조카이자, 직계 혈통 중에선 유일한 여아였다.

세이모어가는 대대로 딸이 귀한 집안이었다. 기사 가문이라선지, 희한하게 낳았다 하면 죄 아들이었다.

때문에 여아가 나기라도 하면 집안의 온 식구들이 거의 떠받들다 싶을 정도로 금이야 옥이야 애지중지 여길 수밖에 없었다.

운명의 장난질만 아니었어도 라나사는 누구보다 큰 사랑을 받으며 귀하게 컸을 것이다. 그래야만 했을 아이가 보육원에 버려진 것으로도 모자라, 보스트리지 남작의 출셋길에 이용되어 왔다.

그러한 사실에 세이모어 백작은 가주로서, 백부로서 미안함과 책임감을 동시에 느꼈다.

"절 부른 특별한 용건이라도 있으신 건가요?"

라나사는 여전히 날 선 시선으로 세이모어 백작을 응시했다. 그에 반해 백작은 시종일관 따뜻한 눈빛만을 보내고 있었다. 여태 한 번도 받아 본 적 없는 그 빛이 라나사로선 어색하고 불편했다.

"원래는 아이작이 설명해야겠지만, 알다시피 아직 상태가 호전되질 않아서 말이다. 시간이 더 흐르기 선에 내가 대신 나서야 할 것 같아 이리 불렀다. 네게는 염치없지만, 녀석에게도 나름의 사정이 있었다는 걸 말해 주고 싶구나."

"핫! 지금 사정이라고 하셨나요?"

라나사가 기가 막힌다는 듯 헛웃음을 쳤다.

"자기 아이를 임신한 여자를 매몰차게 버렸습니다. 아, 엄마가 살아 있다는 말에 놀라던 걸 보면 임신 사실을 아예 몰랐던 것일 수도 있겠죠. 근데요."

라나사가 잠시 말하기를 멈추고 한층 더 서늘해진 눈길로 세이모어 백작을 직시했다.

"그랬다고 해서 뭐가 달라지나요? 저랑 엄마가 구질구질 비참하게 살아온 과거가 없어지기라도 한대요?"

"라나사……."

"어쨌든 결과적으로 그 사람은 엄마와 저를 방치했어요. 몰랐다고 해서 그 죄가 사라지는 건 아니죠. 그나마 쓰레기 중에 아주 최악은 아니라는 것만 증명할 뿐."

"후우, 화가 많이 난 모양이로구나. 뭐, 이해는 한다."

라나사의 거친 말투에 세이모어 백작이 받은 숨을 삼키며 이마를 짚었다. 그의 평소 성격대로라면 어른에게 그 무슨 말버릇이냐 야단치고도 남았지만, 지금만은 예외였다.

제 아비를 쓰레기라 칭하는 데 거침이 없는 녀석이었다. 그런 라나사에게선 오로지 분노만이 느껴졌다.

"하지만 나도 내 동생을 위해 변명을 해야겠으니 들어 보거라."

세이모어 백작은 허리를 세우며 긴 이야기를 시작했다.

"아이작에겐 본디 약혼자가 있었다. 녀석이 성인이 되자 마자 혼인을 올릴 예정이었고. 물론 그 녀석이 원한 건 아니었다. 모든 건 내가 결정했으니까."

세이모어 백작은 일찍이 부모를 사고로 여의었다. 그래서 젊은 나이에 작위를 물려받았고, 한순간에 집안을 책임지는 가장이 되고 말았다.

그의 동생인 아이작은 당시 겁 없이 천방지축 날뛰는, 철 없는 사고뭉치였다. 결혼을 해서 아이를 낳고 살면 조금이라도 정신을 차리지 않을까 생각한 세이모어 백작은 동생의 정략혼을 추진했다.

아이작은 형의 결정에 툴툴거리긴 했어도 딱히 싫다고 하지는 않았다. 어쩌면 관심이 없었다는 게 맞는 표현일 것이다. 약혼자와 몇 번의 만남을 가지며 얌전히 대화에 임하기도 했다.

그러던 어느 날, 파티에 참석했다가 클로에를 보고 첫눈에 반한 것이 이 모든 비극의 시초라면 시초였다. 클로에 역시 아이작과 같은 마음이었고, 어렸던 그들은 그만큼 열정적으로 서로에게 빠져들었다.

"그러다 얼마 지나지 않아 아이작에게 결혼 상대가 있다는 걸 클로에가 알게 되었다. 그녀로서는 당연히 배신감이 들었겠지. 해서 둘 사이에 다툼이 있었고, 아이작은 정혼을 깨고 오겠다며 약속을 한 것 같더구나."

그날이 바로 문제의 날이었다.

동생의 인생이 송두리째 뒤바뀐 날.

"아이작이 왜 여태 일어나지 못하고 있는지 궁금하지 않으냐?"

세이모어 백작의 뜬금없는 질문에 라나사의 눈매가 가늘어졌다. 그의 말대로 이상하긴 했으나, 그 얘기가 갑자기 왜 여기서 나오는지 의문이었다.

"아이작은 내게 정인이 있다는 말을 하러 오지 못했다. 만일 그때 내가 알았더라면 일이 이리되지는 않았을 테지. 전부 사고 때문이다."

"…사고라니요?"

"지금에 와서야 누군가는 부러워할 수도 있겠지만, 나와 아이작에겐 그 당시가 고통의 나날이었다. 이능을 얻은 대가로 지독한 시간을 보내야 했거든."

"그러고 보니 일전에도 아버지와 백작님께서 그에 대한 말씀을 나누셨죠. 그 이능이라는 게 정확히 무엇입니까? 로건도 잘 모르는 것 같던데……."

바율은 조심스레 백작에게 물었다. 기실 전부터 궁금했으나 함부로 끼어들 만한 분위기가 아니라서 속으로만 꾹 눌러 담았었다.

"언더테이커라고 들어 보았느냐?"

"언더테이커요?"

바율은 물론이고, 로건과 라나사도 모르는 눈치였다.

"그래, 모르는 게 당연할 것이다. 그만큼 드문 능력이지."

옛 기억이 떠오른 탓일까. 고뇌하는 세이모어 백작을 대신해서 란데르트 공작이 설명에 나섰다.

"언더테이커란, 생을 마감한 자들을 부리는 이들을 말한다. 보통 일인 전승으로 이어지며, 초반에 엄청난 위험 부담을 떠안게 되지."

"…생을 마감한 자들이라는 게, 설마 죽은 사람들을 말씀하시는 겁니까?"

"사람뿐 아니라 짐승, 몬스터. 즉 우리가 언데드라 부르는 모든 것이 그에 해당한다."

"저, 저는…… 전혀 몰랐습니다. 숙부님에게 그런 능력이 있을 줄은……."

"아무래도 조카에게 보여 줄 만한 건 아닐 테니."

사체를 부리는 일이었다. 살점이 붙어 있다면 송장이 살아 움직이는 것처럼 보일 것이고, 뼈만 남았다면 더없이 괴기스러운 모습일 것이다.

아이작과 함께한 전장에서 공작은 그 능력을 꽤 많이 보았다만, 그리 아름다운 장면은 아니었다.

"문제는, 그 이능을 예고도 없이 너무 갑작스럽게 얻었다는 것이다. 매일 밤 아이작은 죽은 자들의 소리를 들으며 그들의 공격을 막아 내야만 했다. 그러면서 능력을 발전시켜야 했지."

"매일 밤이요?"

"해가 지면 그들의 시간이 되거든. 아이작은 죽을 고비를 수도 없이 넘겼다. 언더테이커는 언데드를 제 밑으로 들여서 수하로 부리지만, 이지가 없는 그들에게 맛 좋은 먹잇감으로도 인식될 수 있지. 해서 각성을 제대로 하지 못하면 안심하고 살 수가 없다더구나."

"그것뿐이 아니다. 그들이 내뱉는 소리는 언더테이커의 정신을 갉아먹는다. 그걸 견뎌 내지 못하면 광인이 되거나, 대부분 자결을 택하지."

"그럴 수가……."

바율은 미처 말을 잇지 못했다. 들으면 들을수록 무시무시한 이야기였다.

"그렇기에 언더테이커가 되면 예민해질 수밖에 없다. 언데드를 많이 거느리면 거느릴수록 능력은 강해지지만, 정신적으로 부담감이 상당해지지."

"혹시…… 그래서 아이작 숙부가 술을 그렇게 드시는 겁니까?"

세이모어 백작은 말없이 고개를 끄덕거렸다.

밤마다 저를 괴롭히는 소리에서 벗어나기 위해 아이작은 술을 마시기 시작했다. 충분히 버틸 수 있게 된 지금도 좀처럼 끊지 못하고 계속 입에 대는 건, 아마도 연인이었던 클로에 때문이리라.

"몬스터 난입 사건으로 현재 이곳엔 엄청난 양의 몬스터 사체가 묻혀 있다."

"그 말씀은, 아이작 경이 캐링스턴에 온 이유가……?"

"맞다. 그것들을 수거하러 온 것이지. 그런 까닭에 아이작은 일상 자체가 예민할 수밖에 없단다. 항상 긴장하며 버티다 보니 가끔 지금과 같은 사태가 벌어지지. 누적되어 있던 정신적 피로도에 충격이 더해지면서 말이다."

"아."

비로소 조금 이해가 갔다. 지병이 있는 건 아닌가 내심 걱정했었는데, 설마 이런 비밀이 숨겨져 있을 줄은 몰랐다.

"저, 일인 전승이라고 하셨는데…… 하면 숙부님께 스승 님도 계신 것입니까?"

"글쎄…… 로구나. 그 영감을 스승이라고 해야 할지, 원 수라고 해야 할지."

세이모어 백작의 눈가에 잠시 살기가 어렸다가 사라졌 다. 십수 년이 지났지만, 그때만 생각하면 그는 아직도 이 가 갈렸다.

"언더테이커가 되려면 정신과 육체 모두 남들보다 뛰어 나야 한다. 그들만의 어떤 기준이 더 있는 것 같지만, 그것 까진 내가 모르겠고. 어찌 되었든 '그'는 느닷없이 나타나 서 제멋대로 아이작을 후계로 정해 버렸다. 그렇게 저 혼자 전승을 마치고 떠난 뒤로 다신 돌아오지 않았지."

아이작의 인생이 엉킨 실타래처럼 꼬이는 순간이었다.

"헐! 그래도 되는 겁니까? 그러다 큰일이라도 나면 어쩌 려고요?"

바율은 문득 '빌어먹을 영감'이라고 소리치던 그의 모습 이 생생히 떠올랐다.

"그래서 만월 기사단의 힘이 필요했다. 당시는 전쟁 중 이었고, 녀석을 감당하기가 퍽 힘들었거든."

"숙부님이 칠흑의 기사단이 아닌 만월 기사단에 들어가 신 게 그래서였습니까?"

단순히 별종이라서 그랬던 게 아니고요?

이제껏 아이작을 그리 평가해 온 로건에게는 꽤 놀라운 사실이었다.

"어쩔 수 없는 결정이었다. 어떻게든 녀석을 살려야 했으니까. 형님께서 도와주시지 않았더라면 무슨 일이 있었을지……."

아이작은 이능을 얻고 2년이란 세월이 흐른 뒤에야 겨우 살 만해졌다. 재능을 타고났다는 영감의 말은 틀리지 않았다. 홀로 수십, 수백의 언데드 군단을 조종하는 그는 그야말로 일당백의 용사였다.

"라나사, 이리된 것이다. 녀석이 모든 걸 고백하기 위해 나를 찾아오던 날, 전승자를 찾던 영감에게 걸려 버린 거지. 아이작이 다시 정신을 차린 건 그로부터 이 년이 훌쩍 지나서였다. 녀석은 의식을 되찾자마자 보스트리지 남작가를 찾았었다. 그리고 아마 그때 그녀가 죽었다는 소식을 접한 거겠지."

세이모어 백작은 지난 이틀간 모든 인력을 동원해서 과거의 행적을 조사했다. 어수룩한 보스트리지 남작 덕분에 클로에가 어디에서 어떻게 살고 있는지도 금방 알 수 있었다.

"…더럽게도 꼬였네요."

어떤 말 같지도 않은 핑계로 자신의 속을 뒤집어 놓으려나 생각하던 라나사였다. 하지만 이건 전혀 뜻밖의 얘기였다. 성질은 나는데, 그렇다고 그 성질을 부리기엔 너무나 어쩔 수 없던 상황이라 괜히 더 짜증이 났다.

"솔직히 난 클로에가 왜 이 모든 걸 모두에게 밝히지 않았는지 의아하구나. 아이작에게 약혼 상대가 있었다고는 해도, 혼인을 올린 것도 아니었고. 녀석이 무르겠다고 말까지 했으면 한 번쯤은 찾아와도 왔을 법한데 말이지. 혹 그에 대해 뭔가 들은 것이 있느냐?"

"…아니요."

라나사도 궁금했다. 그렇게 절절히 사랑했으면서 왜 홀로 자신을 낳을 결심을 한 것인지, 왜 아버지의 정체에 대해서는 일언반구도 하지 않았던 것인지. 들으면 들을수록 제 엄마지만 이해하지 못할 것투성이였다.

쾅!

실내의 문이 요란스레 열린 것은 그때였다.

"…라피트?"

란데르트 공작과 함께하는 자리였다. 예의를 차려도 모자랄 판에 이 무슨 무례한 짓이란 말인가.

아무리 공작과 그가 형님, 아우 하는 사이라지만, 이런 행패는 용납할 수 없었다. 자연히 아들을 향한 세이모어 백작에 얼굴에 노기가 어렸다.

하나 그러한 것은 전혀 무섭지 않다는 듯, 라피트의 눈빛이 이글이글 타올랐다.

"야! 라피트, 너……!"

씩씩거리며 실내를 훑는 라피트의 등 뒤로, 에이단이 숨을 헐떡이며 나타났다. 이어 퀸과 일라이까지 다급한 표정을 숨기지 못한 채 가쁜 호흡을 몰아쉬며 등장했다. 당황한 녀석들의 얼굴로 보건대 라피트를 막으려다가 놓친 게 분명했다.

"죄, 죄송합니다. 이 녀석이 너무 빨리 뛰어가는 바람에……."

에이단은 본인이 잘못한 것도 없으면서 분위기 탓인지 꾸벅 허리를 숙이고는 재빨리 라피트의 뒷덜미를 잡아챘다.

"일단 나와."

녀석의 심정을 모르는 바 아니나, 지금은 시기가 적절하지 못했다. 심란한 걸로 따지자면 당장 여기서 그 누구도 라나사를 이길 수 없었다.

"아 씨, 이거 놔요!"

라피트가 버럭 고함을 내지르며 에이단을 밀쳐 냈다. 그리곤 눈알을 희번덕거리며 긴 다리로 성큼성큼 안으로 걸어 들어갔다.

'아오, 저 또라이!'

에이단이 녀석을 붙들기 위해 얼른 다시 손을 뻗었지만, 이미 멀어진 뒤였다.

"라피트, 너 이게 뭐 하는 짓이야? 네놈 눈에는 공작 전하가 보이지도 않는 게냐?"

"네, 아버지. 저 지금 눈에 뵈는 게 없습니다."

"뭐, 뭐야?"

가끔 철딱서니 없이 굴긴 했어도, 타인 앞에서 이렇게까지 결례를 범한 적은 없던 녀석이었다. 세이모어 백작은 갑작스레 쳐들어와 다짜고짜 심통을 부리는 둘째 아들을 황당하다는 듯 쳐다보았다.

"제가 지난 이틀 동안 생각이라는 걸 해 봤거든요? 아버지도 아시죠? 제가 원래 뭔가를 오래 생각하지 못한다는 거. 그런 제가 이틀씩이나 머리통을 굴렸다는 건 이상해도 너무 이상한 일 아닙니까?"

이야길 듣고 흥분해서 펄쩍 뛰고도 남았을 녀석이 어쩐지 한동안 묘하게 조용하다 싶더니, 답지 않게 생각을 정리하고 있었던 모양이었다.

"그래서 무슨 말이 하고 싶은 건데?"

"라나사 선배 말입니다."

돌연 라피트의 시선이 라나사에게로 날아가 꽂혔다. 녀석의 눈빛이 어찌나 사납고 매서운지, 라나사마저 움찔할 정도였다.

"후, 그래. 너도 소식을 들었겠지. 하지만 지금은 네가 나설 자리가 아니다."

라피트에게는 느닷없이 사촌 누나가 생긴 셈이었다. 백작은 단순히 녀석이 그로 인해 잠시 놀란 거라고 생각했다.

"소식이 아니라 소문이겠죠. 그것도 아주 질 나쁜 헛소문."

"……?"

"말이 안 되잖아요. 라나사 선배랑 제가 어떻게 사촌지간입니까? 안 그래요, 아버지?"

"라피트, 그게 말이다……."

"우리나라에선 사촌이랑 결혼 못 하잖아요."

"…뭐?"

아들을 이해시키기 위해 차분하게 설명을 하려던 세이모어 백작은 순간 말문이 막혔다. 며칠 새 뇌에 과부하가 오기라도 한 듯 녀석이 무슨 말을 하는 건지 바로 알아들을 수가 없었다.

"라피트, 그만해."

그런 백작을 대신해서 나선 것은 로건이었다. 그가 동생을 노려보며 낮게 경고했다.

"그 얘기는 나중에 따로 해."

"내가 왜 그래야 하는데?"

"지금은……."

"보는 눈들이 많아서?"

라피트가 이기죽거리며 주변을 빙 휘둘러보았다.

"형이 뭔가 잊고 있는 것 같은데, 내가 라나사 선배 좋아하는 건 어차피 아카데미 전부가 알아. 나, 선배에게 했던 행동들 전부 진심이었어. 그러니까 이런 상황에서 내가 돌지 않으면 그게 더 이상한 거라고."

"라피트…… 너 그게 무슨……?"

세이모어 백작의 반듯한 미간에 주름이 그어졌다.

"설마 네가 첫눈에 반했다던 아이가……!"

그는 미처 끝까지 맞을 잇지 못했다. 몇 달 전 세상을 다 가진 듯한 미소를 지으며 좋아하는 여자가 생겼다고 고백하던 아들의 모습이 불현듯 떠올랐다.

열여섯 살이니 이성에 관심을 가질 나이도 되었지, 하며 가볍게 웃고 지나갔는데. 그 상대가 하필이면 라나사였단 말인가.

'닮아도 뭐 저런 것까지 닮아.'

밀려드는 두통에 세이모어 백작은 관자놀이를 꾹 눌렀다. 제 아들이지만, 어려서부터 하는 짓이 꼭 동생인 아이작과 비슷해서 집안에서는 종종 '아이작 주니어'라고 놀림을 받기도 하는 녀석이었다.

그런데 하다 하다 이성을 보는 눈까지 똑같았다. 라피트가 받을 상처도 상처지만, 백작은 당장 눈이 돌아 버린 녀석이 무슨 사고를 칠지 그게 더 걱정이었다.

"라피트."

내내 말이 없던 라나사가 입을 연 것은 그때였다. 그녀가 라피트를 부르며 부스스 몸을 일으켰다.

"내가 한 번만 더 그따위 소리 지껄이면 어떻게 한다고 했지?"

라나사가 또박또박 걸어가 라피트의 앞에 섰다.

"선배……."

"까불면 안 봐준다고 분명히 경고했었어, 난."

"하아, 선배. 지금 내가……."

퍽!

"윽!"

머리칼을 넘기며 한숨을 내뱉던 라피트의 몸이 그대로 반으로 접혔다. 녀석이 자신의 복부에 꽂힌 라나사의 주먹을 믿을 수 없다는 듯 내려다보았다.

"내 손에 검이 없는 게 다행인 줄 알아. 아니면 오늘 넌 나한테 죽었어."

눈 깜짝할 사이에 일어난 일이었다. 라나사가 복부에 이어 라피트의 정강이를 구둣발로 훅 걷어찼다.

"악!"

라피트가 외마디 비명을 지르며 바닥에 푹 고꾸라졌다. 찌르르한 고통이 전율처럼 그의 신체를 휘감았지만, 첫사랑을 잃은 충격에 비할 바는 아니었다.

"그리고, 선배 아니라 누나."

"……?"

"앞으론 호칭 똑바로 해. 알겠어?"

정강이를 감싼 채 라나사를 올려다보던 라피트의 얼굴이 한순간에 바보처럼 변했다. 녀석이 아무 일 없었다는 듯 얌전히 자리로 돌아가 앉는 라나사의 뒷모습을 멍하니 좇았다.

"어디까지 말씀하셨죠?"

라나사는 고개를 꼿꼿이 세우며 세이모어 백작을 직시했다.

"내 친부가 어쩌다가 나와 엄마의 존재를 모른 채 살게 된 건지는 이해했어요. 그래서, 이제 엄마를 어떻게 하실 건가요? 보스트리지 남작가는 이대로 두실 건가요?"

당당히 물어 오는 라나사의 말투는 여전히 차갑고 건조

했다. 하지만 조금 전 그녀가 라피트에게 한 얘길 모두가 들었다. 선배가 아니라 누나라고 부르라던.

그 말이 뜻하는 건 하나였다.

그녀가 스스로를 세이모어가의 일원으로 받아들였음을.

가장 경악한 건 그녀에게 처맞고 쓰러진 라피트였지만, 바율과 친구들, 그리고 란데르트 공작과 세이모어 백작까지 그녀의 과감한 결정에 놀라 일순 아무 말도 하지 못했다.

"왜 말씀이 없으세요? 저 이만 나가 볼까요?"

"아, 아니. 아니다!"

라나사의 여상한 물음에 세이모어 백작은 다급히 손을 저으며 정신을 일깨웠다.

이 까칠한 조카님께서 언제 또 마음이 바뀔지 모르는 노릇이었다. 앓아누운 동생을 위해서라도 백작은 점수를 따 놓아야만 했다.

"우선 말이다."

세이모어 백작의 이야기가 시작되었고, 그런 아버지를 라피트가 마치 나라라도 잃은 듯한 표정으로 창망하게 바라보았다. 그런 녀석의 몸뚱이는 여전히 바닥에 널브러진 상태였다.

Chapter 2.
밟아 달라고요

1.

"라피트 녀석, 괜찮을까?"

바율과 친구들의 어수선한 감정과는 별개로 아카데미는
축제로 한창 떠들썩했다. 라나사와 관련된 소문이 아카데
미 곳곳에 무성하게 퍼졌지만, 한낱 얘깃거리와 축제를 즐
기는 것은 완전히 다른 문제였다.

역대 어느 때보다 많은 이들이 아카데미를 찾았고, 모든
행사가 순조롭게 이행되었다. 작년의 참담했던 기억을 싹
지우고도 남을 만큼 성공적인 축제였다.

"안 괜찮으면 자기가 어떡할 건데?"

로건이 지쳤다는 듯 벤치에 털썩 주저앉았다. 아버지를

의심했다는 죄책감에서 벗어날 새도 없이 아이작 숙부의 아픈 과거를 알아 버렸다.

내심 숙부를 라피트와 같은, 집안의 골칫덩이로 인식하고 있던 로건이다. 그래선지 숙부에게도 아버지처럼 죄스러운 마음이 들었다.

"넌 형이라는 놈이 무슨 말을 그렇게 하냐? 아까 그 녀석 눈에 눈물 그렁그렁한 거 못 봤어?"

에이단의 일침에 로건의 안색이 딱딱하게 굳었다.

보았다.

그걸 어찌 못 볼 수 있겠는가.

얼이 나간 채 바닥에 엎어져 있던 라피트가 스스로 일어선 것은 아버지의 말씀이 거의 끝나 갈 즈음이었다. 그런 녀석의 두 눈동자에는 습기가 차올라 있었다.

내색하지 않았지만 로건의 충격은 기실 엄청났다. 태어나서 녀석이 우는 것을 처음 봤기 때문이다.

아버지와 자신에게 두들겨 맞을 때도, 살이 찢기거나 뼈가 부러질 정도의 큰 부상을 당했을 때도 그저 인상을 찡그리기만 할 뿐, 눈물 한 방울을 보이지 않던 녀석이었다.

그랬던 놈이 눈물을 흘리자 가슴이 철렁했다. 라나사에 대한 녀석의 마음이 얼마나 깊었는지를 그제야 새삼 깨달았다.

하지만 그렇다고 해서 뭘 어쩌겠는가.

라나사는 아이작 숙부의 딸이었고, 그들에게는 사촌 누나였다. 어차피 이루어질 수 없는 라피트의 짝사랑이었다.

"차라리 잘됐어."

"뭐?"

"너희는 둘 사이가 남이었으면 라나사가 라피트의 마음을 받아 줬을 것 같아?"

아니.

다들 아무 말 안 했지만, 표정들이 대신 말했다. 라나사의 성격상 라피트를 죽이면 죽였지, 절대 못 이기는 척 넘어가지는 않았으리라.

"괜한 짓에 시간 낭비 안 하게 되었잖아. 당장은 힘들겠지만, 알아서 잘 추스를 거야. 내 동생이 그렇게 철부지는 아니거든."

"이 자식, 은근슬쩍 또 라피트 편드네."

일라이가 피식 웃더니 로건의 옆자리에 다리를 꼬고 앉았다.

"그나저나 네 숙부님은 언제 깨어나실까? 언더테이커라. 나도 말로만 들었지, 실제로 본 적은 없었는데 말이야."

"라이, 넌 드래곤이면서 모르는 게 좀 많은 것 같다?"

"드래곤은 뭐, 다 아냐? 너희 그거 편견이야. 우리가 날 때부터 뛰어난 건 사실이지만, 엄청난 지식은 다 긴 수명 동안 겪는 세월의 노련함 같은 거라고. 그리고 제일 중요한 것! 난 아직 한참 어린 헤츨링이란 거지."

고작 177년밖에 살지 못했다며 꿍얼거리는 일라이를 에이단이 잠시 어이없다는 듯 바라보더니, 녀석의 뒤통수를 갈기기 위해서인 듯 조심스레 제 손을 들어 올렸다.

두 친구 간에 몸싸움이 벌어지기 직전, 바율은 서둘러 에이단의 팔을 붙잡으며 화제를 돌렸다.

"아하하, 해가 지니 약간 날이 쌀쌀한 것 같네. 우리 머리 아픈 생각은 잠깐 접고, 뭐 좀 먹으러 갈까? 슈빅이 자기네 식당에 놀러 오라고 했거든."

"바율, 배고파?"

"응, 퀸. 조금 출출하네."

"가자, 그럼."

다른 친구들의 생각일랑 전혀 관심 없다는 듯 퀸이 바율의 손을 잡고 학생들이 차린 간이 식당가로 이끌었다.

"저 자식은 맨날 바율만 챙기지."

퀸의 즉각적인 반응에 에이단은 방금 전 자신이 무슨 짓을 벌이려고 했는지도 까맣게 잊어버렸다.

"그게 뭐 하루 이틀이냐? 새삼스럽기는."

"그러고 보니 온종일 굶었네."

로건은 아이작 숙부에 대한 걱정 때문에 뜬눈으로 밤을 지새운 것도 모자라, 식사 한 끼도 제대로 챙기지 못했다.

'라피트 이 녀석은 먹은 건지 어쩐 건지.'

그제야 뒤늦게 동생 역시 자신과 비슷한 시간을 보냈을지 모른다는 게 떠올랐다.

"나 먼저 가 볼게."

갑자기 어딘가로 바쁘게 달려가는 로건의 오른편으로 회색빛 후드를 뒤집어쓴 여인 한 명이 스치듯 지나갔다. 땅거미가 젖어 드는 탓에 잘 보지는 못했지만, 후드 밑으로 붉게 빛나는 금색 머리카락이 언뜻 비친 것도 같았다.

2.

슈빅이 친구들과 열었다는 식당을 찾는 건 그리 어렵지 않았다. 아카데미의 정보통이자 마당발답게 녀석의 식당은 많은 사람들로 북적이고 있었다. 그중에는 놀랍게도 리타와 마족 형제들까지 포함이었다.

"앗! 도련님! 바율 도련님! 여기예요!"

바율을 발견한 리타가 양팔을 번쩍 쳐들고는 열심히 흔들었다. 이곳에서 바율을 만났다는 게 어지간히도 기쁜 얼굴이었다.

"리타, 여기 있었어?"

"헤에, 네. 어서들 오세요."

리타가 방긋 웃고는 마족들을 휙 돌아봤다. 도련님과 친구분들이 오셨으니 어서 옆에다가 자리를 만들라는 의미였다.

본디 식당을 운영하는 학생들이 해야 할 일이었지만, 서열 꼴찌 아고스는 군소리 없이 탁자를 붙이고 의자 네 개를 가져왔다. 툭하면 목숨이 왔다 갔다 하는 판에 이게 뭔 대수랴 생각하면서.

바율 일행에 리타와 마족들까지 합치니 무려 열 명이라는 대인원이 되었다.

안 그래도 유독 시선을 끄는 무리였는데, 바율과 친구들까지 합석하자 식당에 있던 손님들이 힐끔거리기 바빴다. 다들 뭔가를 먹고 있었지만, 귀는 이쪽을 향하고 있다는 게 빤히 느껴졌다.

"이욜! 너희 이제 온 거냐?"

그때 막 음식 서빙을 마친 슈빅이 반가운 기색으로 득달같이 달려왔다. 녀석의 예리한 눈빛은 일행을 쓱 훑어보곤 금세 로건의 부재를 알아차렸다.

"근데 로건은 어디 갔냐?"

"네 녀석 첫마디가 그거일 줄 알았다."

"설마 나 피하는 건가? 내가 귀찮게 할까 봐?"

"그럴 가능성이 아주 없는 건 아니지만, 동생 챙기러 간 거니까 오해하지 마셔."

"아, 맞다. 우리 라피트 후배님께서 비련의 남주인공이 되셨지."

슈빅이 진심으로 딱하다는 듯 울상을 지었다.

"어째 너 이 상황을 즐기는 것 같다?"

"내가?"

"그래, 그 작위적인 표정도 그렇고. 네가 언제부터 라피트랑 그렇게 친했다고 난리야?"

에이단이 아는 한, 둘이 대화를 나눈 것도 몇 마디 안 될 것이다. 아무리 친구의 동생이라고 해도 슬픔에 빠진 녀석을 가지고 장난치는 거라면, 이건 좀 지나쳤다.

"톡 까놓고 친하다고 할 순 없지. 근데 상대가 누구냐? 다름 아닌 '그' 라나사잖아. 무려 캐링스턴 아카데미의 얼음 여신! 나 솔직히, 모든 남학생이 선망하던 걔한테 입학하자마자 당당히 고백하던 녀석의 똘끼에 감동 먹었었거든."

"아니, 무슨 감동까지⋯⋯."

"라나사에게 그렇게 대놓고 마음을 표현한 건 라피트가

최초였을걸? 까일 게 당연하니까 아무도 나서질 못했는데, 라피트가 포문을 연 셈이지. 녀석은 많은 이들에게 꿈과 용기를 심어 줬다고."

"꿈과 용기라."

"우리 몰래 라피트 녀석이 그런 대단한 걸 했었네."

이왕이면 결말도 좀 흐뭇했으면 좋았으련만, 현실은 그렇지가 못했다. 비에 젖은 똥개처럼 축 처진 채 울먹이던 라피트의 모습이 떠올라 에이단과 일라이는 괜히 입맛이 썼다.

"녀석의 첫사랑이 출생의 비밀로 인해 깨졌다는 것에 다들 상심이 커. 은근히 뒤에서 응원하고 있었거든."

"애초에 라나사는 라피트에게 관심이 전혀 없었는데, 저들끼리 별생각을 다 했네."

라나사가 알았더라면 기막혀할 상황이었다.

"어쨌든, 난 라피트가 감정 정리 잘 끝내고 돌아오길 바란다. 첫사랑은 원래 이루어지지 않는다고 하잖아? 이참에 남자로서 더욱 성숙해지는 거지."

"너 슈빅 맞아? 왜 이렇게 진지해?"

"나 진지 빼면 시체인 남자야. 몰랐어?"

"헐, 진짜 이상한데. 내가 아는 슈빅은 이런 말을 하는 녀석이 아니거든. 혹시 너, 어디 머리라도 다쳤냐?"

이것저것 꼬치꼬치 캐물어도 모자랄 판국에, 철든 소리만 내뱉는 슈빅이 에이단은 진정 의심이 갔다.

"어디 봐. 분명 뒤통수에 깨진 상처가 있을 거야."

에이단이 아예 까치발까지 하고 슈빅의 머리칼을 뒤졌으나, 기대와 달리 아무런 상처도 찾아낼 수 없었다.

"우 씨! 난 뭐, 진지하면 안 되냐? 왜 내 진심을 깔아뭉개는데?"

"아니, 누가 또 깔아뭉갰다고 그래. 그냥 난 네가 평소랑 다르니까 좀 이상하다 그거지⋯⋯."

"네가 아는 내가 전부가 아니거든요? 에이단 너는 가끔 나를 너무 막 대하는 경향이 있더라?"

상처가 발견되지 않은 시점부터 주도권이 슈빅에게로 넘어갔다. 에이단이 입술만 삐쭉이며 아무 대꾸도 하지 못하자, 녀석이 통쾌했는지 회심의 미소를 지으며 말했다.

"앞으론 조심 좀 해."

"…알겠다."

"그리고 다친 건 내가 아니라 싱클레어야."

"응? 싱클레어가 다쳤어?"

"그, 몬스터가 난입했던 날 있잖아. 그때 다리를 다친 모양이야. 나도 며칠 후에야 알았는데, 절룩이면서 걷더라고."

"그래서 요새 안 보였던 거구나. 다쳤을 줄은 전혀 몰랐네."

일국의 왕자이니 가신들이 알아서 잘 치료했겠지만, 친구가 다친 것도 모르고 있었다는 것에 바율은 괜히 미안해졌다.

"그런데 이렇게 한 일행이었어?"

슈빅은 그제야 잡담을 끝내고 메뉴판을 건네며, 옆 탁자에 앉은 리타와 마족 일행을 살피곤 조심스레 물었다.

"그걸 이제 묻냐? 합석한 지가 언제인데."

"헤헤, 사실 이 아름다우신 소녀분이 누구인지 아까부터 무지 궁금했거든!"

이제 보니 슈빅의 시선이 리타에게 고정되어 있었다. 축제라고 한껏 멋을 부리고 온 리타는 바율의 눈에도 평소보다 훨씬 예뻐 보였다.

"아, 여긴……."

"그걸 네가 알아서 뭐 하게?"

바율이 리타를 소개하려는 찰나, 데스의 음성이 조금 더 빨랐다. 그가 한쪽 눈썹을 까끄름하게 올리며 슈빅을 노려보았다.

"어, 저 그게…… 그냥 전…… 미인이신 것 같아서……."

마계 총사령관인 데스의 눈빛을 받아 낸다는 건 평범한 인간일 뿐인 슈빅에겐 상당히 버거운 일이었다. 지금처럼 반감을 있는 대로 드러내고 있을 때는 더더욱.

슈빅이 리타를 뺏어 갈 것도 아닌데, 관심을 보였다는 이유만으로 데스는 과민 반응을 보이고 있었다. 그리고 그건 그의 형제들도 마찬가지였다.

마황은 물론이고, 바르와 아몬, 아고스까지 불쾌한 기색을 내뿜으며 슈빅을 흘겨보았다.

그제야 바율은 자신이 잠시 잊고 있었다는 걸 깨달았다. 리타가 이들에게 끼치는 지대한 영향력을.

슈빅은 단순한 호기심일 뿐이겠지만, 자칫 잘못하면 큰 참사를 불러올 수도 있었다. 그걸 막기 위해 바율은 서둘러 입을 뗐다.

"슈빅, 이⋯⋯."

그러나 다시 한번 그보다 한 박자 빠른 이가 있었으니, 리타였다. 당황한 듯한 바율의 표정을 보고 오해한 그녀가 데스를 향해 앙칼지게 쏘아붙였다.

"데스 씨! 도련님의 친구분에게 그 무슨 무례인가요? 도련님께서 난처해하시잖아요!"

"아니야, 리타. 난 괜찮아. 여기 슈빅도 괜찮고. 그렇지, 슈빅?"

"어? 어어……."

"아무래도 축제이고 하니까 데스가 좀 예민해진 것 같아. 사람들이 많잖아."

"이렇게 잘만 먹어 대는데 예민하다고요?"

그들의 탁자에는 이제껏 비운 음식의 흔적들이 고스란히 남아 있었다. 이 와중에도 다섯 마족은 맹렬하게 고기를 뜯고 있었다.

"리타, 우선 인사해. 이쪽은 내 친구 슈빅."

이럴 땐 화제를 바꾸는 것이 상책이다. 바율은 마족들을 못 본 척 넘기며 리타에게 슈빅을 소개했다.

"안녕하세요, 저는 리타라고 해요."

리타가 환하게 미소 짓자 슈빅의 얼굴이 순간 홍당무처럼 발개졌다.

"어울리지 않게 웬 부끄럼을 탄대?"

그에 에이단이 키득거리자 슈빅이 가자미눈으로 녀석을 째려보았다.

"지금은 캐링스턴 저택에서 일하고 있지만, 해밀턴에서부터 도련님을 모셔왔답니다. 언제 저택에 놀러 오세요. 제가 맛있는 요리해 드릴게요!"

"아아, 고용인이시로군요."

"네."

리타에게도 월급을 지급하니 고용인이란 말은 맞았다. 하지만 그 말에 배인 어감이 바율은 왠지 달갑지 않았다. 그는 여태껏 단 한 번도 리타를 단순한 고용인으로 생각해 본 적이 없었다. 태어나면서부터 곁에 있었기 때문인지, 그녀는 바율에겐 가족이나 다름없었다.

"요리하시는 분 같은데, 음식은 입에 맞으셨습니까?"

"아, 당연히 맛있게……."

"이걸 요리라고 한 건가?"

"…예?"

리타의 말을 자르며 또다시 끼어드는 날카로운 목소리에 슈빅의 어깨가 움츠러들었다.

"어떻게 이딴 음식을 돈 받고 파는 거지? 너무 양심 없는 것 아냐?"

적어도 빈 접시를 탑처럼 쌓아 놓은 당사자의 입에서 나올 법한 소리는 아니었다.

'그럼 처먹지를 말든가.'

감히 대꾸하지는 못했지만, 너무 어이가 없다 보니 슈빅은 저도 모르게 그리 말할 뻔했다.

도대체 뭐 하는 자들인지 모르겠다. 행색은 딱 하인인데, 풍기는 분위기가 요사하다. 눈길이 마주치는 것만으로도 오금이 저렸고, 마치 온몸이 쇠사슬로 칭칭 감긴 듯한 압박

감마저 느껴졌다. 바율만 아니라면 접근조차 하기 싫은 유형들이랄까.

"형님 말씀에 깊이 공감합니다. 부실한 양념에, 향신료는 아무거나 갖다 쓴 듯하고, 어떤 건 제대로 익지도 않았더군요. 음식이 버려지는 게 아까워서 저도 그냥 먹었을 뿐입니다."

"리타 양의 요리에 비하면 수준이 한참 떨어지긴 하더군요."

"난 그냥 고기라서 먹었어."

바르의 촌철살인에 이어 아몬과 아고스가 각기 소감을 말했다. 슈빅 입장에선 억울하고 황당했지만, 이쯤 되자 남은 한 명의 평이 궁금해졌다.

자연스레 모두의 시선이 마황, 크루델리스에게로 향했다.

그는 단연 독보적인 자태로 우아하게 앉아 음식을 씹고 있었다. 다들 티를 내지 않아서 그렇지, 식당 안으로 그가 들어섰던 순간 정적에 휩싸였다.

일라이가 입학하자마자 저세상 미모로 아카데미를 일시에 평정했을 때와 대단히 비슷한 현상이었다. 바로 옆 탁자에 그 일라이가 앉아 있는데도, 역시나 전혀 꿇리지 않는다.

"오늘 눈이 아주 호강을 하는구나."

"저런 얼굴로 사는 기분은 어떨까?"

"딱 하루만 경험해 보고 싶네."

넋을 잃은 채 몇몇은 그렇게 중얼거렸다.

"바르."

"네, 폐…… 아니, 형님."

갑작스런 마황의 부름에 바르가 움찔하며 자세를 바로 했다. 음식 얘기를 하다 말고 왜 저를 부르는지 의아한 기색이 역력했다.

"이 변변찮은 것들이 말이야."

마황의 은백색 눈동자가 바르를 뚫어지게 응시했다.

"그래도 네놈이 한 것보다는 낫더라고."

"……!"

바르를 좌절에 빠지게 할 생각이었다면 이보다 더 좋은 수법은 없었다. 그의 거대한 덩치가 모멸감으로 부들부들 떨렸다. 눈에서는 얼핏 물이 비치는 것 같기도 했다.

"아, 아하하. 배고프다, 배고파. 슈빅, 여기서 제일 잘 팔리는 음식 위주로 얼른 몇 개만 갖다 줄래?"

상처 입은 바르도 바르지만, 마황이 또 팔을 자르겠다고 설칠까 봐 바율은 가만히 있을 수가 없었다. 리타를 살피니, 마황을 보는 눈이 곱지 않다. 제자인 바르를 건드렸으니 그럴 만도 했다.

정작 바르를 구박하는 건 리타가 으뜸이지만, 남이 그러는 건 또 참지 못하는 게 그녀의 본심이었다.

이런 상황에선 최대한 관심을 자신에게로 끌어야 한다는 걸 바율은 경험을 통해 알고 있었다.

"우리 이거 먹고 뭐 할까? 폭죽 구경하러 갈까? 내가 명당자리 알고 있는데!"

그렇게 바율의 노력은 계속되었고, 그러는 동안 축제의 밤은 깊어 갔다.

열에 들떠 사경을 헤매던 아이작이 깨어난 것은 그 즈음이었다.

3.

"술 한잔하겠나?"

바율과 친구들이 나가고도 세이모어 백작은 한참을 자리에서 일어나지 못했다. 자식과 조카 앞에서 내색하지 않았을 뿐, 그의 속은 아이작에 대한 걱정으로 타들어 가고 있었다.

"가끔은 맨정신으로 버티기 힘들 때가 있더군."

란데르트 공작이 주홍빛 액체가 담긴 유리잔을 백작의

앞에 내려놓았다. 달콤하면서도 독한 향기가 금세 그의 폐부까지 적셨다.

"후우."

세이모어 백작은 한차례 숨을 몰아쉰 뒤 단번에 술을 들이켰다. 뜨끈한 열기에 식도와 위장이 녹아내리는 듯했지만, 참지 못할 정도는 아니었다.

"근데 어디서 난 술입니까?"

란데르트 공작은 평소에도 술을 가까이하지 않는 편이었다. 더욱이 여긴 아카데미 내부였고, 그가 마신 술은 아무 데서나 쉽게 구할 수 없는 종류였다.

"자네에게 왠지 필요할 것 같아서 미리 준비했지."

"블러드 오브 드래곤을요?"

"내 아들이 입학 첫날부터 이걸 마셨다더군."

바율의 신고식 얘기라면 백작도 이미 아는 바였다. 술 먹기 체스 게임이란 게 있다는 걸 듣고 어이없는 웃음을 터뜨린 기억이 난다.

"설마 자레드 놈이 남긴 겁니까?"

"더 정확하게는, 그 녀석에게서 제인이 압수한 것이네. 아껴 두고 있던 걸 내가 뺏어 왔지."

"순순히 넘겨줄 위인이 아닐 텐데요."

로티어스 교수가 좋아하는 건 담배만이 아니었다. 순위

를 정하면 담배가 최우선이기는 하지만, 그것만큼이나 환장하는 게 술이었다.

"제인도 아는 게지. 지금 자네한테 독한 술이 필요하다는 걸."

"훗, 녀석에게 동정도 다 받고. 제 꼴이 며칠 사이에 아주 우습게 되었습니다."

세이모어 백작이 손에 쥔 빈 잔을 돌려 가며 씁쓸한 미소를 지었다. 한동안 그의 가문은 지저분한 추문에 시달리게 될 터였다. 하나의 진실에 온갖 거짓이 달라붙어, 마치 그게 실제인 양 제국 전역으로 퍼질 것이다.

"다들 뒤에서 얼마나 입방아를 찧어 댈지……."

"그게 두려운가?"

"제가요?"

세이모어 백작의 황금색 눈이 란데르트 공작을 향했다.

"그게 뭐라고 두렵겠습니까. 어차피 벌어진 일이고, 마땅히 감당해야 할 몫인걸요."

공작이라고 그걸 몰라서 한 질문이 아니었다. 백작이 스캔들 따위에 휘둘릴 사내가 아니라는 건 그가 더 잘 알았다. 그저 우려의 표현이었을 뿐이다.

"단지 전 아이작이 걱정됩니다. 행여나 녀석이 저대로 깨어나지 못하면 어쩌나…… 하고요."

"깨어날 걸세."

"……."

"정신력만은 우리보다도 훨씬 강한 녀석이야."

"알죠. 그냥 너무 오랜만이라서 그런가 봅니다."

언더테이커로서 각성한 처음 2년은, 그야말로 혼절의 반복이었다. 그럴 때마다 백작은 그 빌어먹을 영감을 잡아다가 사지를 갈기갈기 찢어발겨 죽이고 싶은 충동에 휩싸여야만 했다.

이제는 다 지난 일이라 여겨 애써 잊고 살았는데, 또다시 같은 일이 반복되자 과거의 아픔이 떠오르며 기분이 뒤숭숭했다.

"난 아이작이 깨어나도 걱정이네."

란데르트 공작이 세이모어 백작의 빈 잔에 쪼르르 술을 더 따랐다. 이름처럼 독하지만, 백작은 이번에도 망설임 없이 목구멍으로 쭉 털어 넘겼다.

"크흑, 독하기는 진짜 엄청나게 독하네요."

"그래서, 그만할 텐가?"

"아니요. 한 잔만 더 주십시오."

종일 먹은 게 없어선지 뱃속이 아우성을 쳐 대는 느낌이었다. 한데 지금은 그게 꼭 그렇게 싫지만은 않아서 백작은 빈 잔을 내밀었다.

"근데 왜 저만 마십니까?"

"나까지 마시기엔 모자랄 것 같아서?"

"그냥 마시기 싫으신 건 아니고요?"

"난 당최 술맛을 모르겠어서 말이지."

그래도 굳이 선호하는 종류를 꼽으라면 란데르트 공작은 와인파였다.

"그럼 남은 건 제가 가져가겠습니다."

여기선 석 잔으로 끝내지만, 아무래도 잠자리에 들면 다시금 생각날 것 같았다. 세이모어 백작이 막잔을 꿀꺽 삼키며 탁 소리 나게 잔을 테이블에 내려놓았다.

"아이작에겐 어디까지 말할 참인가? 멀쩡히 산 사람을 죽었다고 한 것도 문제지만, 라나사가 보육원에서 15년이나 지냈다고 하면 그 성격에 절대 가만히 있지 않을 걸세."

"당장 보스트리지 남작의 멱을 따러 가겠죠."

아이작은 언데드 군단을 이끄는 언더테이커였다. 해가 지고 어둠이 찾아오는 밤, 특히 만월이 뜬 밤이라면 누구도 그의 앞길을 막기란 요원했다.

"남작가의 사병 전체가 덤빈다고 해도 그 녀석은 혼자 몰살시키고도 남을 겁니다."

아이작의 인생을 된통 꼬이게 한 원흉이지만, 그가 얻은 이능만큼은 실로 대단하다 할 수 있었다.

"그러한 사태는 막아야 하네. 무의미한 살생은 화를 부를 뿐이야."

"저도 압니다. 다만 무슨 수로 막느냐가 문제이지요."

보스트리지 남작가는 세이모어가의 가주로서 그의 방식대로 처리할 것이었다.

귀족들이란 명분에 의해 죽고 사는 족속들이다.

남작가에서 남들 시선이 무섭다는 이유로 여동생의 죽음을 위장한 것도 모자라, 갓난아이를 보육원에다 버렸으니 승기는 확실히 이쪽으로 기울어 있었다.

하나 보스트리지가는 광대한 포도밭을 가진 부유한 가문이었다. 세이모어가에 비하면 한참 밀리는 것이 사실이라지만, 그래도 그간 여기저기 뿌려 놓은 돈이 상당할 터. 어쩌면 제법 귀찮은 장기전이 될 수도 있었다.

물론 백작은 그 싸움에서 자신이 질 거란 염려는 추호도 하지 않았다. 그저 어떤 식으로 정리해야 가장 빠르고 손쉽게 끝낼 수 있을지 고심할 뿐이었다.

"라나사, 그 아이라면 설득할 수 있지 않겠나?"

"라나사가 말입니까?"

좀 전의 조카와의 만남이 떠오르자 세이모어 백작은 저도 모르게 설핏 웃음이 새어 나왔다.

"고 녀석, 하는 짓이 귀엽지 않습니까?"

"아이작을 많이 닮았더군."

"제 앞에서 주눅 하나 안 드는 것 보십시오. 그간 꽤 고생하며 살아왔을 텐데도, 어쩜 그렇게 당당할까요? 제 조카라서 하는 말은 아니지만, 쪼그만 녀석이 벌써부터 너무 멋지지 않습니까?"

라나사를 입에 올리는 백작의 얼굴엔 어느새 근심은 저만치 날아가고 없었다.

"딸, 딸 하며 그리도 노래를 부르더니만, 이제 소원 성취라도 한 것 같은가?"

"어휴, 어디 소원 성취다 뿐입니까? 라나사가 라피트를 걷어차고 본인의 거취를 스스로 택하던 그 당찬 모습! 그걸 아이작이 보지 못한 게 한입니다, 한."

"난 못 본 게 다행이다 싶던데."

"예?"

"조카라는 놈이 자기 딸을 좋다고 하는데, 어느 부모가 얼씨구나 하겠나? 라나사가 잘 단념시켜 준 것 같아 그 부분은 안심이 가더군."

라피트의 첫사랑이 날아가게 된 건 참으로 가슴 아프지만, 그녀의 방식대로 녀석을 차 버린 게 공작은 퍽 마음에 들었다.

"말투가 다소 거칠긴 해도 좋은 아이 같네. 장차 만월 기사단에 들어오면 큰 활약을 할 거야."

"형님. 라나사가 만월 기사단에 왜 들어갑니까? 그 녀석, 제 조카입니다. 저는 칠흑의 기사단의 단장이고요."

"아비가 내 밑에 있는데, 그쪽으로 가겠나?"

"아이작은 살려야 하니 어쩔 수 없이 보낸 겁니다. 안 그래도 녀석 능력이 아까워서 죽을 판이구먼, 어떻게 제 조카까지 노리십니까? 왜요. 아예 로건도 달라고 하시지요?"

"그 녀석은 조건 미달이야."

"예에? 로건입니다, 로건! 형님께서 어릴 때부터 검술 천재라고 했던 제 첫째 아들이요. 그 녀석이 어떻게 미달입니까?"

"로건의 실력이야 나도 알지. 못 본 사이에 더 일취월장했더군."

"근데요?"

세이모어 백작에게 로건은 어디 내놔도 부끄럽지 않을 자랑스러운 자식이었다. 그런 아들이 '미달'이란 소리를 들어서일까. 답지 않게 그가 흥분해서는 따지듯 물었다.

"언짢은가?"

란데르트 공작이 피식 웃으며 되묻자 백작이 뚱한 목소리로 우물거렸다.

"아니, 뭐 그렇다기보다……."

"내가 원한다고 하면 진짜로 나한테 보낼 수는 있고?"

"제가 미쳤습니까? 로건은 절대 안 됩니다!"

"그러면서 무슨."

세이모어 백작의 속이 더 상하기 전에 공작은 달의 일족에 관한 얘기를 털어놓았다.

"…그렇게 된 거네. 실력과는 하등의 관계가 없는 일이지."

"와, 그런 비밀이 숨겨져 있었던 겁니까? 그래서 만월이 되면 더 강해졌던 것이군요."

얼떨떨한 얼굴로 설명을 듣던 백작은 어느 순간부터 연신 고개를 주억거렸다. 비로소 모든 게 이해가 된다는 표정이었다.

"이제 와 드는 생각이지만, 아이작의 스승이 녀석을 택한 것도 그 때문인 듯싶네. 언더테이커는 밤을 지배하는 자일세. 달의 일족만큼 그에 부합하는 이들도 없지."

"스승이라고 하지도 마십시오. 그게 어떻게 스승입니까? 애를 그 지경으로 만들어 놓고, 저만 홀가분히 떠나는 게 말이 됩니까? 그 노친네, 걸리기만 하면 제가 아주 아작을 낼 겁니다."

"아직도 찾는 중인가?"

"찾아야죠. 세이모어가에 원한을 사면 어떻게 되는지 똑똑히 보여 줄 겁니다."

주변인들에게는 호탕하고 배려가 넘치는 사내지만, 세이모어 백작은 사실 집요한 성격의 소유자였다.

대외적으로 얼굴을 잘 안 비쳐서 그렇지, 그가 암암리에 진행하는 일들 하며 각국에 퍼져 있는 정보원으로부터 얻는 정보 등은 란데르트 공작조차 도움을 받아야 할 만큼 중한 것들이 많았다.

"뭐, 그건 자네가 알아서 할 일이고. 어쨌든 라나사라면 아이작의 폭주를 막을 수 있을 걸세. 19년 만에 상봉한 딸의 말인데, 들어주지 않겠나?"

"흐음…… 일리가 있는 말씀입니다만, 과연 라나사가 그걸 원할까요?"

"……?"

"보스트리지 남작가를 이대로 둘 거냐고 묻던 녀석입니다. 원한에 사무친 것 같던데, 굳이 아이작을 말리려고 할지."

세이모어 백작이 복수를 약속하고서야 알겠다며 자리를 뜬 라나사였다. 녀석의 서늘한 분위기로 보건대, 남작가의 몰락을 바라는 건 백작보다 라나사가 더할 듯했다.

똑똑.

누군가 문을 노크한 것은 그때였다.

"영주님, 나와 보셔야 할 것 같습니다."

문을 열고 모습을 드러낸 건 세이모어 백작의 가신이었다. 평소 거의 무표정에 가깝던 그가 상당히 곤혹스러운 기색이다.

"무슨 일인데 그래?"

그에 백작이 묻자, 사내가 옆으로 비켜나며 손으로 안쪽을 가리켰다.

"드십시오."

또각또각, 구두 소리를 내며 누군가 실내로 들어섰다. 머리부터 발끝까지 로브를 뒤집어쓰고 있지만, 그 체형이 한눈에 봐도 여인임을 알 수 있었다. 그녀가 후드를 벗자 공작과 백작의 낯빛이 동시에 굳어졌다.

풍성한 적금발에 보라색 눈동자.

라나사의 이목구비에서 연륜이 좀 더 묻어난 얼굴.

뜻밖의 손님이 라나사의 엄마인 클로에라는 건 굳이 묻지 않아도 모두가 알 수 있었다.

"나는 이만 가 보겠네."

먼저 움직인 건 란데르트 공작이었다. 아이작은 그의 수하이기 이전에 세이모어가의 사람이었다. 집안의 해묵은 감정을 푸는 자리에 그가 있는 건 실례일 수 있었다.

"다음에 다시 뵙지요."

클로에에게 묵직한 인사를 건넨 뒤 공작은 조용히 빠져나갔다.

"…일단 앉으시죠."

잠시 놀라긴 했지만, 백작은 이내 정신을 차리고 클로에를 소파로 안내했다.

아이작은 현재 충격으로 인해 이틀째 몸져누운 상태였다. 그런 녀석이 평생을 마음속에 담아 두었던 여인이었다.

자신은 존재조차 몰랐던 동생의 정인. 백작은 그녀에게 무슨 말부터 꺼내야 할지 몰라 입술이 바짝 마르는 기분이었다.

클로에는 한동안 오도카니 앉아만 있었다. 라나사와 말도 못 할 정도로 닮은 얼굴이지만, 풍기는 분위기는 사뭇 달랐다.

그간의 세월이 녹록지 않았음을 증명하듯 눈 밑에는 그늘이 져 있었으나, 백작은 첫눈에 그녀가 따뜻한 심성뿐 아니라 현명함까지 갖추었음을 알 수 있었다.

열아홉 살짜리 딸이 있다고는 믿을 수 없을 만큼 젊고 아름다웠으며, 그를 마주하는 눈빛에선 당찬 기색마저 엿보였다.

집안에 의해 여태 죽은 듯이 숨어서만 지낸 그녀가 어째서 돌연 자신을 찾아온 것일까.

아직 아무런 말도 섞지 않았지만, 백작은 왠지 이미 알 것만 같았다.

"저도 한 잔만 주시겠어요?"

그렇게 얼마나 있었을까. 클로에가 돌연 백작이 마시던 술잔을 보며 청했다.

"독한 건데, 괜찮겠습니까?"

"술이라면 제가 세이모어 백작님보다는 잘 마실 겁니다."

상념에 젖은 클로에의 시선이 블러드 오브 드래곤이 담긴 술병을 물끄러미 응시했다. 그는 모를 거다. 그녀가 얼마나 숱한 밤을 술로 지새웠는지를.

"아, 깜박했습니다. 보스트리지 가문이 수십 개의 와이너리를 보유하고 있다는 걸."

세이모어 백작이 새 잔을 꺼내 와 그녀 앞에 내려놓으며 기꺼이 술을 따랐다.

"그래도 전 포도주보단 이쪽이 더 취향이더라고요."

취하고 싶은 날이면 아무거나 잡히는 대로 마구 마셔 대긴 했지만, 실상 그녀에게 포도주란 곧 족쇄였다.

포도밭 말고는 내세울 것 하나 없는 가문.

처녀가 임신을 했다는 이유로 세상의 손가락질을 받을까 봐 거짓 죽음까지 만들어 내는, 상식이 통하지 않는 소굴.

그녀가 잘못한 점이 있다면 그런 집안에서 태어나 감히 넘볼 수 없는 남자를 연모했다는 것이었다.

클로에는 세이모어 백작이 그러했듯 단숨에 술잔을 비웠다. 속이 홧홧할 게 분명한데도 그녀는 일절 표정의 변화가 없었다.

백작은 아무 말 없이 잔을 다시 채워 주었다. 자신처럼 그녀 역시 술의 힘이 필요하다고 생각하며.

"그 아이도…… 알고 있나요?"

클로에는 '그 아이'라고 했지만, 백작이 알아듣는 데에는 별 지장이 없었다. 그가 긍정의 뜻으로 고개를 끄덕이자, 그녀가 한숨을 삼키고는 남은 술을 모조리 입으로 털어 넣었다.

"여긴 어떻게 온 겁니까?"

그녀가 라나사의 친모이긴 하나, 세간에선 이미 오래전에 죽은 사람이었다. 조사를 통해 알아보니 클로에는 외딴 시골구석에 처박힌 채 다른 이름으로 불려 가며 홀로 살아가고 있었다.

그녀 주변에는 늘 감시하는 무리가 따랐고, 그 탓에 바깥 출입조차 자유롭게 하지 못하고 두문불출 지낸다는 게 보고서에 적힌 대략적인 요점이었다.

"오빠가 찾아왔어요."

젠장.

그도 정신이 없어 거기까지는 미처 생각할 겨를이 없었다. 윗선에 도움을 청하기 위해 바삐 움직일 거라 예상했건만, 동생에게 먼저 가 확인부터 하다니. 의외로 주도면밀한 구석이 있는 모양이었다. 이럴 줄 알았으면 사람을 붙여 놓았을 것을.

"절 보자마자 미친 듯이 고함을 치더군요. 그 아이가…… 라나사가 세이모어가의 핏줄이 맞느냐면서. 백작님께서 저희 집을 절대 가만두지 않겠다고 협박하셨다고…… 라나사를 데려가겠다고도 하셨다던데…… 진심이신가요?"

"라나사는 내 조카입니다. 온갖 사랑을 받으며 귀하게만 컸어도 모자랄 그 녀석이 15년이나 보육원에서 살았다는데, 제가 못할 것 같습니까?"

"…아니요. 세이모어 백작님이라면 충분히 그럴 만한 힘과 능력이 있으신 분이죠."

20년 전에도, 그리고 지금도 그의 가문은 클로에가 감히 함부로 넘볼 수도 없을 만큼 권세 높은 집안이었다. 상대가 누구인지 제대로 알아본 후에 정을 주었어야 했는데, 당시에 그녀는 너무 어렸고 철이 없었다.

"저도 한 가지만 묻겠습니다. 라나사의 친부가 아이작이라고 왜 진작 말하지 않은 겁니까? 그때 부인이 찾아왔더라면 이렇게까지 일이 틀어지진 않았을 텐데 말입니다."

"…정말 제가 안 찾아갔다고 생각하세요?"

무심히 되묻는 클로에를 세이모어 백작이 놀란 눈으로 쳐다보았다.

"하, 하면……?"

"아이작과는 다투고 헤어졌어요. 그를 너무 사랑했지만, 약혼자가 있다는 걸 알았거든요."

"그건 제가 녀석에게 묻지도 않고 억지로……."

"네, 그래서 파혼을 하고 돌아오겠다며 기다려 달라고 하더군요. 하지만 한 달이 지나도록 그는 오지 않았고, 연락조차 없었습니다."

"그건……."

"그때 임신한 걸 알았어요. 그리고 며칠을 뜬눈으로 밤을 지새우며 고민했죠. 아이작이 돌아오지 않는 건 나를 버리고 그 여인을 택했다는 건데, 배 속의 아이는 어떻게 하지? 부모님께 말하면 분명 집안이 발칵 뒤집히고 난리가 날 텐데, 뭘 어째야 할지 머릿속이 그냥 하얬어요."

당시 그녀 나이 고작 열여덟 살이었다. 불같은 사랑을 했지만, 그녀에게 남은 건 배신하고 떠난 정인의 아이뿐이었다.

빈 술잔을 쥔 클로에의 손이 잘게 떨렸다. 어린 나이에 홀로 감내했어야 할 불안함이 얼마나 무겁고 버거웠을까.

또 얼마나 무서웠을까. 그것에는 백작 역시 일말의 책임감을 느끼고 있었다.

"그러다 용기를 내 찾아갔습니다. 그리고 바로 후회했죠. 한 달이 넘도록 연락 한번 없던 사람인데, 난 대체 뭘 기대한 건가 자조하면서."

"부인이 그때 아이작을 만나지 못한 건……."

"아뇨. 대면하지는 못했지만, 봤어요."

"…봤다니요?"

"그가 약혼녀와 다정하게 웃으며 대화하는 모습을요. 파티장에서 봐서 얼굴을 알고 있었거든요. 그땐 그의 약혼 상대라는 걸 몰랐었지만."

"아니, 그게 무슨……?"

"동생의 바람기에 놀라신 건가요? 사실 되게 흔한 그림이잖아요. 남자들이 정혼자를 두고 잠시 일탈하는 거. 문제는 저였죠. 그와 달리 진심이었다는 게."

클로에는 아직도 그날의 장면이 생생히 기억났다. 약혼녀를 살뜰히 에스코트하며 함께 마차에 올라타던 모습과 근사한 레스토랑에서 마주 앉아 식사하던 것까지.

어느 순간 구역감이 일어 더 지켜보지는 못했지만, 아이작이 그녀에게 돌아오지 않을 남자라는 건 완벽하게 이해했다.

"솔직히 매달리려고 했어요. 아이까지 임신했으니 그도 어쩔 수 없이 받아들이지 않을까 하고 말예요."

그러나 정작 다른 여인과 함께 있는 그를 보자 클로에는 차라리 혼자가 낫겠다는 결론에 이르렀다.

보잘것없는 자존심이었지만, 당시 그녀가 챙길 수 있는 건 그것밖에 없었다. 그마저 포기해 버린다면 스스로가 너무 비참했기 때문이다.

"그놈의 자존심이 뭐였는지……."

클로에가 자조하며 쓸쓸한 미소를 짓는 그 순간, 세이모어 백작은 혼란에 빠졌다.

그녀가 아이작을 찾아왔을 때, 녀석은 이미 언더테이커의 길에 발을 들인 상태였다. 그녀뿐 아니라 누군들 만나고 싶어도 만날 수 없는 상황이었다는 뜻이다.

그런데 난데없이 약혼녀와의 다정한 모습이라니?

백작이 혼란스러워하는 것과는 별개로 클로에의 말은 계속되었다.

"그나마 초반엔 불러 오는 배도 옷으로 어떻게 가려지긴 했는데, 7개월이 넘어가니 방도가 없더군요. 그래서 하는 수 없이 친부가 누구인지만 빼놓고 모든 걸 사실대로 털어놓았습니다. 그 결과는 아시다시피 지금 이 꼴이고요."

클로에의 진짜 시련은 라나사를 낳은 후부터 시작되었다. 젖도 떼지 못한 아이를 보육원에 갖다 버렸다는 말을 듣고 그녀는 그대로 기절해 사흘간 일어나지 못했다.

안 그래도 심신이 지친 상태에서 가족들의 멸시와 구박을 받아야 했고, 그 스트레스는 고스란히 그녀에게 축적되었다. 거기에 해산하고 제대로 몸보신도 하지 못해 그녀의 몸과 마음은 거의 만신창이가 되었다고 해도 과언이 아니었다.

"버려진 내 아기를 위해 제가 할 수 있는 건 아무것도 없었어요. 고작 손목을 긋는 것밖에는."

클로에가 보란 듯이 입고 있던 로브 자락을 팔뚝까지 걷었다.

"……!"

자결을 수도 없이 시도했다는 말을 듣긴 했지만, 이 정도일 거라곤 상상조차 하지 못했다. 가녀린 그녀의 양 손목에 있는 수많은 흔적을 보고 백작은 도저히 무어라 답할 수가 없었다. 그저 가슴 속에서 다 가라앉은 줄 알았던 분노가 다시금 치밀었다.

"백작님은 제가 정말 죽고 싶어서 이랬다고 생각하세요?"

자신의 손목에 난 상처 자국을 내려다보며 클로에는 담

담히 말을 이었다.

"이거라도 해야 했어요. 그래야 집에서 보육원에 돈을 보냈거든요."

"뭐, 뭐라고요?"

"내 아이를 굶길 수는 없잖아요. 따스한 밥을 직접 해 주지는 못할망정, 배부르게는 아니더라도 최소한 식사 한 끼라도 제때 먹이고 싶었습니다."

라나사가 있던 보육원은 보스트리지 남작가에서 관리하던 곳이었다. 그럼에도 환경이 너무나 열악해서 때때로 아사하는 아이가 있다는 소리를 들었다.

클로에가 신경 쇠약증에 걸린 것은 그때쯤이었다.

"라나사를 데려오라고 발악하다가, 나중에는 제발 밥이라도 마음껏 먹을 수 있게 해 달라고 사정하며 손목을 그었죠. 세상에서는 이미 지워진 딸이었지만, 그래도 제가 정말로 죽는 것만은 원치 않으셨던 모양이에요. 미친년처럼 날뛰면 그나마 말을 들어주더라고요."

몇 해 전, 그랬던 부모도 생을 다해 이제는 혈육이라곤 오빠 하나가 전부였다. 그런 그가 라나사를 집으로 데려온 날, 클로에는 이제 죽어도 여한이 없다고 생각했다. 같이 살지는 못했지만, 간간이 얼굴이라도 볼 수 있다는 게 마냥 행복했었다. 물론 그 행복은 그녀의 착각일 뿐이었다.

"제가 왜 이런 얘기를 하는지 궁금하시죠?"

세이모어 백작이 아무리 라나사의 백부라고는 하나, 첫 만남에서 이렇게까지 털어놓을 필요는 없었다. 다른 목적이 없기로서니.

"일단 이거 받아 주세요."

클로에가 갑자기 품에서 서류 뭉치를 꺼내 내밀었다.

"⋯이게 뭡니까?"

"오빠를 가만두지 않겠다고 협박하셨다면서요. 라나사를 진정 조카로 인정하신다면 그 말씀 지켜 주세요."

"예? 그게 무슨⋯⋯?"

"우리 오빠, 밟아 달라고요. 아마 이것들이 도움이 될 겁니다."

백작은 서류를 자세히 살펴보지 않았지만, 그 속에 무엇이 담겨 있을지는 충분히 짐작이 갔다.

"이걸⋯⋯ 여태 모으신 겁니까?"

"오빠는 라나사가 졸업하면 제 존재를 빌미 삼아 분명 어디론가 팔아넘기려 했을 거예요. 보스트리지 가문이 남작가로 머무는 게 늘 불만인 사람이거든요."

돈은 넘쳐나니 권력을 얻는 것이 남작의 평생 꿈이자 소원이었다.

"인생 망친 건 저 하나로 족합니다. 라나사는 누구에게도 얽매이지 않고 자유롭게 살아갈 권리가 있어요. 그간 돈도 몰래 마련하고 있었는데, 세이모어가로 가면 그건 그다지 쓸모가 없겠군요."

남작은 아직도 클로에가 정신이 나간 채로 사는 줄 알고 있지만, 그녀는 나름대로 준비라는 걸 하고 있었다. 자신의 하나뿐인 딸을 위해서.

"이게 제가 할 수 있는 최선이에요. 부디 내 딸을 수렁에서 건져 주시길 부탁드립니다."

클로에가 감시하는 자들의 눈을 피해 위험을 무릅쓰고 여기까지 온 것은 바로 그 때문이었다. 흥분해서 소리치던 오빠가 '축제'라는 말을 흘렸을 때, 지금이 딸을 구할 마지막 기회라고 생각했다.

"그리고 끝으로 하나 더. 아이작에겐 제가 왔다는 말, 하지 말아 주세요. 저는 여태까지 그래 왔던 것처럼 계속 죽은 듯이 살 겁니다."

이제 와서 옛사랑을 만난다고 해서 달라질 것은 없었다. 이미 남의 남자가 된 지 오래인 사람에게 다시금 휘둘리고 싶지 않았다.

"클로에……."

제삼자의 목소리가 끼어든 것은 그때였다. 이야기하는데 정신이 팔려서 미처 알아차리지 못했다. 놀란 클로에가

뒤를 돌아보자 수염이 거뭇하게 돋아난 아이작이 초췌한
모습으로 문틈에 기대어 선 채 그녀를 바라보고 있었다.

　장장 20년 만의 만남이었다.

Chapter 3.
쓰라린 재회

1.

클로에는 제 눈을 믿을 수가 없었다. 순간 현실이 아닌 것만 같았다. 그가, 아이작이 이곳에 와 있을 거라고는 꿈에도 생각하지 못했기 때문이다.

몸이 석상이라도 된 듯 꼼짝할 수가 없었다. 마치 누군가 시간을 정지하는 마법이라도 건 것처럼 클로에는 그에게서 눈길을 뗄 수가 없었다.

'다 잊은 줄로만 알았는데…….'

기억에서 지우기 위해 그리도 부단히 애를 썼건만, 아이작의 얼굴을 마주하자 클로에는 자신이 단 하나도 잊지 못했음을 깨달았다.

미련도 이런 미련이 없다.

20년 전 자신을 버리고 떠난, 다른 여자의 사내가 된 남자를 보고 또다시 쿵쾅거리는 심장이라니.

욕을 퍼부어도 시원찮을 상황에서 파리한 안색의 그가 미치도록 신경 쓰였다.

'어디가 아프기라도 한 걸까.'

누구보다 혈기 왕성했던 그가 어째서 당장 쓰러질 것만 같은 모습을 하고 있는지, 클로에는 이 와중에도 그게 걱정이었다. 그리고 그런 자신이 너무나 한심하고 기막혔다.

"클로에⋯⋯."

아이작이 비틀거리며 그녀에게로 한 걸음 다가왔다. 갈라지고 튼 그의 입술처럼 메마른 음성이었다.

무언가를 애써 참는 듯한 일그러진 표정.

클로에는 그제야 그가 왜 이처럼 괴로워하는지 짐작이 갔다. 그의 형도 알고 있는 일을 친부인 그가 모를 리 없다. 난데없이 다 큰 숙녀가 제 딸이랍시고 나타나 버렸으니 놀라지 않는다면 외려 그게 더 이상할 것이다.

세이모어 백작은 조카인 라나사를 거두겠다고 뚜렷하게 의사를 밝혔지만, 아이작의 입장에선 생각이 다를 수 있었다. 그에게도 가정이라는 것이 있으니까.

부인과 자식들에게 라나사에 대해 설명하고 이해를 바라는 일이 그리 순탄치만은 않을 터.

클로에는 순간 정신이 번쩍 들었다. 어쩌다가 라나사의 존재를 들킨 건지는 모르겠지만, 자신이 여기서 어떤 멍청한 짓을 저지르기 전에 서둘러 나가야만 했다. 그게 라나사를 위하는 일이었다.

"그럼 전 백작님만 믿겠습니다."

동생이 깨어난 것에 가슴을 쓸어내리며 안도하고 있던 세이모어 백작은 갑작스레 자리에서 일어나는 클로에를 멍하니 올려다보았다.

무려 20년 만의 상봉이었다.

설마 이대로 가겠다는 뜻인가?

아무런 얘기조차 하지 않고?

백작이 클로에의 의도를 제대로 파악하기도 전, 이미 그녀는 움직이고 있었다. 그런 그녀의 시선은 더 이상 아이작을 보고 있지 않았다.

클로에가 보란 듯이 아이작의 곁을 스쳐 지나가려는 찰나, 그의 손이 그녀의 손목을 낚아챘다.

"······!"

이틀을 앓아누워 있던 탓에 몸이 아직 정상은 아니었지만, 그의 손아귀에 실린 힘만은 태산을 압도하고도 남았다.

"클로에, 어딜 가는 거야?"

아이작은 눈을 뜨면 제일 먼저 클로에를 찾아갈 생각이었다. 지금껏 죽은 줄로만 알았던 그녀가 살아 있다는 소식을 듣고 충격에 빠진 나머지, 지난 이틀을 침상에서 끙끙대며 보냈다.

정신을 거의 잃은 상태였지만, 그런 그의 머릿속은 온통 클로에에 관한 것뿐이었다.

평생 그녀만을 원하고 사랑했다. 그녀 역시 자신을 잊지 못한 채 홀로 딸을 키우며 살았다고 들었다.

반가움에 달려와 안기는 것까지는 바라지도 않았지만, 이런 매몰찬 태도 또한 그가 기대했던 바는 아니었다. 아무리 자신이 그녀를 버렸다는 오해를 하고 있다 해도 말이다.

'난…… 난 널 이렇게 다시 만난 것만으로도 벅차서 눈물이 나올 것만 같은데…….'

클로에의 냉랭함에 아이작은 속이 철렁하면서도 야속한 마음에 화가 나려 했다.

"놔줘."

클로에는 스스로 손목을 빼내려고 시도조차 하지 않았다. 어차피 자신의 힘으로는 빠져나올 수 없다는 걸 아는 탓이다.

"우리 할 얘기가 있을 텐데."

"그거라면 백작님과 이미 끝냈어."

"장난해? 라나사는 너와 나 사이에 생긴, 우리 딸이야. 근데 그걸 왜 내 형이랑 얘기를 해?"

"왜, 그러면 안 돼?"

"…뭐?"

클로에가 뾰족한 눈빛으로 아이작을 바라보았다. 한때 그의 목소리를 듣는 것만으로도 설레었던 적이 있었다. 그와 눈을 마주하는 것만으로도 너무 행복해서 다른 건 아무것도 바라지도, 생각하지도 않았다.

하지만 지금은 다르다. 여전히 그녀의 속은 그로 인해 불길이 일고 있지만, 상대는 처자식이 있는 남자였다. 여기서 휘둘리면 더 큰 스캔들이 될 테고, 그러면 상처는 고스란히 라나사의 몫이 될 터였다.

"백작님께서 잘 처리해 주신다고 하셨어. 가문을 대표하시는 분이니 당신보다는 책임감이 있으시겠지."

보스트리지 남작가의 몰락.

그녀가 태어나고 자란 뿌리지만, 딸인 라나사를 위해 클로에가 현재 무엇보다 간절하게 바라는 것이었다.

"궁금한 게 있으면 당신이 직접 백작님께 여쭤보도록 해. 내가 그렇게 한가한 사람은 아니거든."

아이작은 또박또박 침착하게 자신의 의사를 전달하는 클로에를 잠시 황망하게 내려다보았다.

지난날 자신이 알던 여인이 아닌 것 같았다. 새초롬한 구석이 있긴 했어도, 늘 입가에서 웃음이 떠나질 않던 사랑스러운 여인이었다.

이토록 매정하고 차가운 클로에의 모습은 여태 단 한 번도 본 적이 없었다.

"그리고 우리 둘, 여태 모른 척 잘 살아왔잖아. 앞으로도 그렇게 지내면 돼."

"…잘 살아? 너는 그랬나 보지?"

아이작의 표정이 돌연 험악하게 변했다. 클로에의 손목을 틀어쥔 그의 손에 저도 모르는 새 더욱 강한 힘이 들어갔다.

"나는…… 나는 말이지. 하루도 편하게 잠들 수가 없었어. 네가 죽었다는데, 다른 사람도 아니고 클로에 네가 죽었다는데…… 내가 어떻게 제정신으로 살 수 있겠어? 너라면 그럴 수 있겠어? 내가 죽었다는 소식을 듣고도 멀쩡히 살 수 있겠냐고!"

"…나에게 당신은 이미 오래전에 죽은 사람이야."

"클로에! 너 어떻게 나를……!"

아이작이 마치 상처 입은 맹수처럼 낮게 으르렁거렸다.

"너와 내가 고작 그것밖에는 안 되는 관계였나? 그때의 난 너한테 내 모든 걸 걸었어. 근데 그걸 넌 단지 치기 어린 마음이라 여겼었나 보지? 그래서 내 아이를 임신하고도 혼자 키운 건가? 내가 그렇게 못 미더워서?"

"당신은 약혼자가 있었잖아!"

"그래! 그 점은 내가 미안하게 생각해. 하지만 파혼하고 돌아가겠다고 했던 거 잊었어?"

"핫!"

클로에는 아이작의 당당한 대꾸에 갑자기 웃음이 났다.

"그래서 당신이 돌아왔던가?"

"…사정이 있었어. 설명하면 긴데…….."

"이제 와서 뭣 하러. 그래 봤자 구질구질한 변명이겠지."

"클로에, 내가 그때 너에게 가지 못한 건…….."

"듣기 싫다고 하잖아. 날 도대체 얼마나 더 비참하게 만들 작정인데? 얘기를 들으면 뭐가 달라져? 나보고 대체 뭘 어쩌라는 건데? 유부남인 당신이랑 바람이라도 피울까? 당신이 원하는 게 그런 거야?"

아이작의 아내에게는 라나사의 존재 자체가 충격일 것이다. 클로에가 일부러 이런 상황을 만든 것은 아니지만, 일이 이렇게 되었다고 해서 도의적 책임까지 저버릴 생각은 없었다. 그녀가 그의 아내를 위해 할 수 있는 건, 여태 그래 왔던 것처럼 아이작과 모르는 사이인 양 사는 것뿐이었다.

"당신이 그런 걸 바라는 건 당연히 아닐 거라고 믿어. 그러니 이 손 놔."

"너…… 방금 뭐라고 했어? 내가 유부남이라니? 설마 내가 널 두고…… 다른 여자랑 결혼이라도 했다고 믿는 거야?"

아이작은 아연해서 두 눈을 크게 깜박거렸다. 클로에를 떠나보내고 어떤 여인에게도 눈길조차 주지 않았던 그에게, 이건 정말이지 너무나 억울한 누명이 아닐 수 없었다.

애써 모진 말을 퍼붓던 클로에 역시 얼이 나간 듯 아이작을 망연히 쳐다봤다. 그의 말이 당최 잘 이해가 가질 않았다. 꼭 결혼이라는 걸 한 번도 한 적이 없었다는 것처럼 들렸기 때문이다.

"하지만 내가 분명 봤는데……."

"보다니? 내가 결혼하는 걸 봤다고?"

"그건 아니지만…… 그때 내가 당신을 찾아갔을 때…… 둘이서 식사까지 하면서……."

당황한 클로에는 횡설수설하며 당시의 기억을 떠올렸다. 아이작에게 집안에서 정한 결혼 상대자가 있다는 것만으로도 그녀는 충분히 초조했다. 그에 비해 자신은 가진 것이 너무나 초라하다고 여기던 때였다.

돌아오겠다고 약조했던 사내가 그 내정된 여인과 함께 있는 모습을 보았을 때, 클로에는 하늘이 무너지는 듯한 기분이 어떤 건지 처음으로 알았다.

사랑했던 남자의 배신은 그녀를 분노하게도 했지만, 동시에 두렵게도 했다. 그 없이 살아가야 할 미래와, 배 속의 아이를 어떻게 해야 할지에 대한 막막함은 곧 공포가 되어 그녀를 잠식했었다.

"둘이 대화하는 데 끼어들어서 미안하지만, 내 설명이 필요한 때인 것 같거든. 거기 서 있지 말고 와서 앉는 게 어떻겠습니까?"

"형이 무슨 설명?"

"아무래도 부인이 네가 아니라 나를 봤던 것 같아서 말이야."

"…제가 백작님을 보았다고요?"

홀린 듯 걸어와 앉는 클로에에게, 세이모어 백작은 아이작이 언더테이커가 되었던 이야기부터 시작했다.

"아이작은 당시 근 2년 동안 밤마다 수도 없이 죽을 고비를 넘겼습니다. 매일 아침 이 녀석이 간밤을 잘 버티고 살아남았을까 확인하는 것이 일과 중 하나였지요. 당연히 약혼을 유지하기는 힘들었고, 상대측 집안에 해명을 해야만 했습니다. 전부 사실대로 밝히기는 뭐해서 대충 둘러댔었는데, 그쪽 영애가 저와의 만남을 청하더군요. 자긴 도무지 이해가 안 가니 제대로 설득을 해 보라면서."

여기까지 말한 백작은 숨을 고른 뒤 다시 입을 열었다.

"그래서 만남을 가졌고, 처한 상황에 대해 반 정도는 사실대로 얘기했습니다. 다행히 그녀는 그걸로 납득을 했고요. 제 생각엔 아마도 그때의 나를 아이작으로 오인했던 게 아닌가 싶습니다. 지금이야 나이도 먹고 분위기가 달라져서 그렇지, 그때는 정말 주위에서 쌍둥이냐고들 물어볼 정도로 닮았었으니까. 우리 가문의 피가 유난히 좀 그렇습니다."

세이모어 백작의 설명이 이어지는 내내 클로에의 낯빛은 창백하게 질려 갔다.

그녀는 아이작이 결혼을 안 했다는 사실보다 그가 언더테이커가 되는 바람에 숱한 죽음의 위기 속에 살았다는 것에 더 경악했다.

"난…… 난 그런 줄도 모르고……."

급기야 클로에의 작은 어깨가 바들바들 떨렸다. 무수한 밤을 술로 지새우며, 자신과 딸의 인생을 망친 건 아이작이라고 원망이란 원망은 다 쏟아부었다.

그런데 그는 저를 버린 것도 아니었고, 도리어 자신의 운명과 처절한 사투를 벌이는 중이었다.

"내가…… 내가 당신을 몰라봤어……."

이제 보니 사과를 할 사람은 그가 아니라 자신이었다. 아무리 심신이 불안전한 상태였다고는 하나, 어떻게 형제를 헷갈릴 수 있단 말인가.

둘은 무척 닮았지만, 같은 옷을 입고 있더라도 클로에는 아이작을 단박에 찾아낼 수 있었다.

"어쩌면 난…… 내가 보고 싶었던 대로 보았던 게 아닐까……. 이미 당신이 날 버렸다고 거의 단정을 했었으니까……."

"아마도 함께 있는 여인이 아이작의 약혼녀였으니, 당연히 이 녀석이라 생각한 것 아니겠습니까? 아이작이 몸도 가누지 못하는 상태가 되었다고는 짐작할 수조차 없었을 테니까요."

"그래도…… 제가 너무 어리석었어요."

세이모어 백작의 위로가 전혀 와 닿지 않았다. 레스토랑을 박차고 쳐들어가서 한마디만 했어도 일이 이렇게까지 꼬이지는 않았을 것이다.

"내가 다 망친 거야. 그래서 나 때문에 라나사까지…… 흐흑!"

어미를 잘못 만나 고생한 딸을 생각하자 클로에는 그대로 무너졌다. 무려 20년이 사라졌다. 그 긴 세월을 오해와 착각 속에서 괴로워하며 보낸 것이다.

"클로에……."

아이작은 저 밑바닥으로부터 다시금 분노가 들끓었다. 클로에는 모든 게 제 탓이라고 자책하고 있지만, 애초에 그가 언더테이커가 되지 않았다면 전부 일어나지 않았을 일이었다.

그 빌어먹을 영감 때문에 이 모든 사달이 난 것이다. 당장 눈앞에 있다면 놈의 사지를 결박해서 언데드의 먹잇감으로 던져 주고 싶은 심정이었다.

"클로에, 내 잘못이야. 내가 미안해. 그러니까 제발 울지 마. 응?"

아이작이 할 수 있는 거라곤 그녀를 안은 채 다독이는 것뿐이었다. 하지만 그러면 그럴수록 클로에의 감정은 더욱 북받쳤다.

"당신을…… 당신에 대해 찾아볼 걸 그랬어……. 일부러 소식을 피하지 않았더라면…… 더 빨리 알았을 거잖아."

클로에는 지난날을 뼈저리게 후회하며 오열했다. 자신뿐 아니라 라나사까지 힘들게 했다는 것이 그녀를 더 큰 죄책감에 빠뜨렸다.

"내가 조용히 지내서 더 몰랐을 거야. 낮에는 주로 자고 밤에만 움직이니까. 기사단 내에서도 날 모르는 녀석이 있을 정도인데."

더욱이 당시 클로에는 신경 쇠약증에 걸린 상태였다. 오로지 라나사를 보육원에서 데려오겠다는 목표 하나로 버티며 살아왔다.

마음속으론 단 한시도 잊지 못한 사내지만, 그녀의 현실은 실로 그를 떠올릴 겨를이 없을 만큼 고단했다.

"클로에, 이제 나 좀 봐 봐."

눈물이 쉴 새 없이 흐르는 그녀의 얼굴을 아이작이 소중한 보물이라도 대하듯 하나하나 찬찬히 눈에 담았다. 심장이 뜨겁게 요동을 친다. 그가 길쭉한 손가락으로 클로에의 눈물을 세심하게 닦아 주었다.

"20년 전이나 지금이나 우는 얼굴이 똑같아."

"…뭐?"

"여전히 예쁘다고."

그녀의 흐트러진 머리카락을 그가 다정하게 쓸어내렸다.

"실감이 안 나. 네가 내 눈앞에 있다는 게."

"…미안해."

"내가 더 미안하지."

이렇게 작고 연약한 널 혼자 두었으니.

아이작은 불현듯 라나사가 학대당하며 컸다는 사람들의
수군거림이 떠올랐다. 아마도 클로에가 죽었다고 거짓으로
위장한 것도 보스트리지 남작의 짓이리라.

아이작이 클로에를 강하게 끌어안았다. 그런 그의 손길
은 한없이 부드럽고 자상했지만, 눈빛만은 한기가 새어 나
올 정도로 차갑게 식어 있었다.

2.

펑! 퍼벙!

시커멓던 밤하늘이 온갖 색채로 물들었다. 모양도 크기
도 가지각색인 폭죽들이 요란한 소리를 내며 찬란하게 피
었다가 허망하게 꺼지기를 반복했다.

"우와! 지금까지 본 불꽃놀이 중에서 최고로 화려한 것
같아요!"

리타가 목을 한껏 뒤로 젖힌 채 연신 탄성을 내질렀다.
폭죽이 터질 때마다 그녀의 동그란 안경알에도 작은 불씨
가 같이 생겼다가 사라졌다.

"스승님은 이런 걸 좋아하십니까?"

"이런 거라니요?"

바르의 물음에 리타가 두 눈을 밤하늘에 고정한 채 되물었다.

"폭죽 말입니다. 스승님의 이런 해맑은 모습은 처음 보는 것 같아서요."

"당연하죠! 불꽃놀이 싫어하는 사람이 세상에 어디 있다고."

리타가 그걸 질문이라고 하냐는 듯 바르를 잠시 힐긋거리더니, 다시 턱을 치켜들고 불꽃을 감상했다.

"싫어하는 사람도 있는 것 같은데……."

옹알거리는 바르의 시선 끝엔 라나사가 있었다.

바율 일행이 슈빅의 식당에서 배를 채운 뒤 불꽃놀이를 보기 위해 명당자리를 찾았을 땐 이미 먼저 온 선객이 있었다. 현재 아카데미 내에서 가장 심경이 복잡할 라나사가 그 주인공이었다. 당연히 바율과 친구들은 함께 있어 주고 싶었지만, 혼자 있고 싶다는 말에 그녀 곁으로는 얼씬도 하지 않던 중이다.

하는 수 없이 불꽃놀이도 다른 곳으로 이동해서 구경하자며 서로 눈짓을 주고받았는데, 라나사가 먼저 괜찮으니 앉으라는 의사를 보였다.

물론 그럼에도 대화하기는 싫은 눈치라서 아무도 그녀에게 말을 걸지 않았다.

덕분에 거의 리타 혼자만 떠들어 댔다. 마족들은 원래 먹는 행위를 제외하면 대부분의 일에 시큰둥한 편이었고, 바율을 비롯한 친구들은 딱히 즐길 기분이 아니었다.

당사자인 라나사와 로건에 비할 바는 아니나, 그들에게도 둘 사이가 갑자기 사촌지간이 된 것은 나름 충격이었다.

게다가 그들은 라나사가 어떤 유년 시절을 보냈는지 너무나도 잘 알았다. 라피트에게 누나라고 부르라고 함으로써 스스로 거취를 결정하긴 했지만, 사람 마음이란 게 본디 뚝딱하고 변하는 게 아니었다.

한동안 작게는 아카데미에서부터, 크게는 제국까지도 떠들썩하게 할 스캔들에 부디 라나사와 로건이 크게 상처받지 않기를 바랄 뿐이었다.

"큼큼."

각자가 이런저런 생각을 하는 동안, 어느새 불꽃놀이가 거의 끝나 갈 무렵이 되었다. 그때, 라나사의 뒤로 사내 하나가 시립하며 자신의 존재를 알려 왔다.

"스카인 경."

그를 먼저 알아본 건 로건이었다. 그가 서둘러 엉덩이를 털고 일어나자 스카인 경이라 불린 사내가 예를 갖춰 인사했다.

"로건 도련님께서도 계셨군요."

"…절 찾아오신 게 아닙니까?"

"예, 라나사 아가씨를 모시러 왔습니다."

사내의 말에 라나사가 그제야 뒤를 돌아봤다. 그의 가슴에 그려진, 검은 잎사귀로 꾸며진 화관과 그 중앙을 꿰뚫고 있는 시커먼 검 한 자루. 세이모어 백작가와 칠흑의 기사단을 동시에 상징하는 문장이었다.

"무슨 일이시죠?"

라나사는 느른한 눈길로 그를 바라보며 물었다. 기실 표현하지 않아서 그렇지, 그녀는 심적으로 상당히 지친 상태였다.

"아이작 님께서 깨어나셨습니다."

"숙부님이요? 지금 어디에 계십니까?"

벌써 축제의 이틀날이 끝나 가고 있었다. 이러다 마지막 날인 내일까지 깨어나시지 않을까 염려하던 차다. 로건은 장소만 알면 한달음에 달려갈 기세였다.

"란데르트 공작 전하의 처소에 계십니다."

"거기라면 어딘지 알고 있어요. 라나사, 가자."

숙부님이 무사하시다.

로건은 그 사실에 신께 감사 기도를 올리며 라나사에게 손을 내밀었다.

"……."

하지만 어째선지 그녀는 망설이는 기색이었다. 동요하는 얼굴이 평소의 의연한 모습과는 매우 달랐다.

아이작과의 첫 만남에서도 당신이 내 아빠냐며 당당히 묻던 그녀. 그리고 자신과 엄마를 왜 버렸느냐며 담대하게 따지기도 했다. 그 와중에 충격으로 아이작이 쓰러진 것이고.

설마 그 일로 죄책감이라도 갖게 된 것일까?

언더테이커가 될 수밖에 없었던 사정까지 알아 버렸으니 마음대로 미워할 수도 없게 되었다.

힘들었던 과거는 분명 여전히 존재하거늘, 그걸 원망할 대상이 불현듯 사라져 버린다는 건 어떤 느낌일까.

바율이 막연히 홀로 그런 생각에 빠지려는데, 스카인 경이 뜻밖의 방문객을 거론했다.

"클로에 부인께서도 와 계십니다."

"…누가 왔다고요?"

머뭇거리던 라나사의 눈빛이 완전히 달라졌다. 믿을 수 없다는 듯 그녀의 턱이 하릴없이 벌어졌다. 여기엔 있을 수도, 있을 리도 없는 사람이었기 때문이다.

"부인께서 누구보다 라나사 아가씨를 뵙기를 간절히 원하십니다."

"대체 어떻게……."

그녀의 양부인 보스트리지 남작은 절대 자신의 여동생을 세상 밖으로 내보낼 만한 위인이 아니었다.

그렇다는 건, 세이모어 가문에서 엄마를 데려왔다는 것인가?

남작이 허락한 날짜와 시간에만 만날 수 있는 모녀 사이였기에 라나사는 도무지 현 상황이 받아들여지지가 않았다.

"자세한 얘기는 가서 직접 들으시는 게 좋으실 듯합니다."

스카인 경의 재촉 아닌 재촉에 라나사는 결국 고개를 끄덕이며 얌전히 그를 따랐다. 로건도 숙부의 안위를 걱정하며 바짝 뒤를 쫓았고, 바율과 친구들 역시 근처에라도 가서 있어 주자며 주저 없이 발길에 힘을 실었다.

3.

라나사가 팔딱거리는 심장을 애써 억누르며 스카인 경을 따라나선 그 시각. 아이작은 형으로부터 그의 딸이 태어나자마자 보육원에 버려져 15년을 살았다는 얘기를 전해 들었다.

아이작의 불같은 성정을 잘 알기에 웬만해선 말하지 않으려고 했지만, 숨길 도리가 없었다. 소문은 이미 걷잡을 수 없이 퍼지고 있었고, 아이작이 알게 되는 것은 시간문제였기 때문이다. 차라리 소문을 통해 듣는 대신 자신이 직접 말해 주는 편이 더 나으리라고 백작은 생각했다.

예상했던 대로 아이작은 길길이 날뛰며 분기탱천했다. 당장 보스트리지 남작을 죽이러 가겠다는 걸 클로에가 간신히 붙들어 막았다.

그 와중에 로브의 소맷자락이 올라가면서 그녀의 손목에 난 자결 시도의 흔적이 드러났고, 아이작은 멈칫했다.

"이게…… 뭐야?"

무엇인지 뻔히 알면서도 아이작은 도저히 믿기지가 않아 바보같이 물었다. 클로에의 손목을 잡은 그의 두 손이 어느덧 바들바들 떨리고 있었다.

"…그냥 상처야."

"이게 단순한 상처라고?"

클로에가 손을 빼내려고 했지만, 아이작이 허락하지 않았다. 그녀의 손목 안쪽에 자리한 무수한 상흔들이 하나하나 그의 가슴에 못이 되어 박혀 왔다.

"난 괜찮아."

클로에는 억지로 소매를 내려 상처를 가렸다. 라나사를 위해 어쩔 수 없이 했다고는 하나, 그녀에게도 그리 자랑스러운 과거는 아니었다.

"클로에…… 네가 그런 거 아니지? 이것도 네 오빠라는 작자가 한 거지? 제발 그렇다고 말해."

아이작의 황금빛 눈동자가 집요하게 달라붙었다. 제대로 설명하지 않으면 입을 열 때까지 물고 늘어지고도 남을 남자였다.

"후우."

클로에는 결국 자신이 이럴 수밖에 없었던 이유를 최대한 담백하게 설명했다.

"난 절대 죽으려고 그랬던 게 아니야. 그냥 내 딸을 제대로 먹이고 입히고 재우려면…… 이래야만 했어. 그래야만 보육원으로 돈을 보내 줬거든."

"그러니까 학대를 당한 게…… 라나사만이 아니라는 거네?"

아이작은 자신도 모르게 헛웃음이 튀어나왔다. 남도 아니고, 제 친동생과 조카였다.

아니, 그런 걸 전부 떠나서 인간이 같은 인간에게 이렇게까지 잔인할 수 있단 말인가?

"이 개자식, 가만 안 둘 거야."

문득 놈에게 죽음은 너무 가벼운 처사라는 생각이 들었다.

"내가 이 새끼 입에서 제발 죽여 달라는 애원이 나오게끔 만들어 주지."

클로에가 있다는 것조차 잠시 잊은 채 아이작은 한동안 거친 욕설을 토해 냈다.

"그래. 죽이지만 마."

같은 피를 나눈 혈육이지만, 클로에에게도 일말의 안타까움 같은 건 남아 있지 않았다. 그러기엔 그간 그녀와 라나사가 받은 상처가 너무 컸다.

"차라리 날 죽여 줬으면 좋겠다고 생각했던 적이 있었어. 나 하나 편하자고 스스로 목숨을 끊을 수는 없었거든. 아무리 능력 없는 어미라도, 내가 없으면 우리 라나사는 정말 혼자가 되어 버리니까."

클로에가 질긴 목숨을 연명할 수 있었던 건 모두 라나사 덕이었다.

"그동안 오빠가 벌인 숱한 불법적인 거래와 뇌물 조로 건넸던 상납금, 주세를 피하기 위해 저질렀던 위법 행위 등이 전부 여기에 적혀 있어."

클로에가 가리키는 장부를 아이작이 별 감흥 없는 눈길

로 내려다보았다. 저따위 장부가 없더라도 보스트리지쯤을 파멸시키는 건 그에겐 일도 아니기에.

"원래는 라나사를 위해 모으고 있던 거지만, 나보단 당신이 더 잘 사용해 줄 거라 믿어."

"…마지막으로 한 번만 물을 거야."

"응."

"넌 진짜 괜찮겠어?"

죽어 마땅한 놈이라도, 어찌 됐든 그녀에게는 하나뿐인 오빠였다. 아이작으로서는 뭔가를 시작하기 전에 그녀의 수락이 절대적으로 필요했다.

"내 말 못 들었어?"

"……?"

"죽이지만 말라고 했잖아. 내게 다른 짓은 다 하면서 그건 못하더라고. 그러니 당신도 그렇게 해 줘."

쾅!

누군가 발길로 걷어차기라도 한 것처럼 문이 거칠게 벌컥 열린 것은 그때였다. 그곳엔 언제부터 와 있었는지 라나사가 얼굴이 벌게져서는 씩씩대며 서 있었다.

"그냥 죽여 버려요."

"라나사……."

"단칼에 죽이는 건 재미없으니까, 우선 사지를 절단하는 게 어때요? 아니다. 꼴에 아프다고 소리칠 게 뻔하니 혀부터 자를까요?"

"라나, 그래도……."

"엄마는 배알도 없어? 그렇게 당했는데! 20년을 세상에서 지워진 채 없는 사람으로 지내 놓고도 죽이지 말라는 말이 나와?"

클로에를 쏙 빼닮은 라나사의 보라색 눈동자가 순식간에 붉게 물들었다.

"나는 있잖아. 보육원에 있을 때 배고팠던 기억밖에 없어. 먹은 게 없어서 정말 꼼짝할 기운조차 없을 때, 겨우 딱딱한 빵 조각을 하나 얻어서 급히 먹다가 기도가 막혀 죽을 뻔한 적도 있었어. 근데, 그 빵이 엄마가 손목을 그은 대가였다고? 엄마가 목숨까지 건 대가가 겨우 그거야?"

라나사는 정말 하나도 몰랐다. 그녀의 나약한 어미는 그저 사는 게 힘들어서, 정신이 온전하지 못해서 죽고 싶어 하는 거라고만 여겼다.

그래서 더 미웠다. 버젓이 살아 있는 딸을 두고 혼자만 죽겠다는 그녀가 너무 싫어서 견딜 수가 없었다.

그런데 알고 보니 그게 전부 자신을 위해서 그랬던 거란다.

내게 딱딱한 빵 한 조각을 먹이기 위해서.

"당신이 못하면 내가 할 거야."

라나사의 눈에서 눈물이 뚝뚝 떨어졌다. 뒤늦게 알아 버린 짙은 모정 앞에서 그녀는 이성을 잃은 채 양부를 직접 죽이겠다고 날뛰었다.

Chapter 4.
술안주

1.

사흘간의 축제가 무사히 끝이 났다. 남들에게는 신나고 재미있는 시간이었겠지만, 바율과 친구들은 단 한 순간도 축제를 오롯이 즐기지 못했다.

특히 라나사가 진실을 알고 오열하던 밤. 다들 걱정되어 따라갔다가 의도치 않게 모든 얘기를 듣고 말았다.

바율은 충격으로 한동안 말을 잃었고, 에이단과 일라이는 남작 새끼를 죽여야 한다며 라나사보다 더욱 심하게 날뛰었다.

로건은 사촌이라는 이유만으로 라나사에게 어떤 부채감을 느끼고 있었다. 딱딱해진 얼굴로 손마디가 하얘지도록 주먹을 세게 틀어쥐던 그의 모습은 차마 보기가 안쓰러울 정도였다.

퀸은 평소처럼 별달리 큰 반응을 하지는 않았지만, 안 그래도 차가운 눈빛이 훨씬 싸늘하게 변해 있었다.

아카데미를 강타한 이번 사건은 란데르트 공작의 일정에도 영향을 끼쳤다. 그는 본래 축제가 끝나면 곧장 황도로 올라갈 계획이었다. 제국의 총사령관으로서 늘 방대한 업무에 시달리는 그는 이미 축제로 인해 꽤 많은 시간을 소비한 참이었다.

하지만 세이모어 백작은 공작의 가장 막역한 친우이자 동생이었고, 아이작은 그가 아끼는 수하였다. 거기에 라나사는 바율의 절친한 친구였다.

클로에와 라나사에게 가해진 보스트리지 남작의 가혹 행위를 전해 들은 공작은 이대로 그를 좌시할 수 없다 판단했다.

물론 남작가를 상대하는 건 세이모어 가문의 힘만으로도 충분했으나, 란데르트 공작이 가세하면 이야기가 또 달라진다.

그리하여 그의 명령 하에 보스트리지 남작가에 대한 전수 조사가 바로 시작되었다.

학대의 증거는 이미 차고 넘쳤다. 클로에의 장부 덕에 재

산을 불법적으로 은닉하고 증식한 정황 역시 빠르게 찾아
낼 수 있었다.

두 세도가의 합공은 보스트리지 남작 입장에선 거의 재
앙에 가까운 수준이었다. 그간 중앙 정계로 진출하기 위해
여기저기 많은 돈을 뿌려 왔건만, 이런 순간에는 누구도 그
의 편에 서 주지 않았다.

감히 그럴 수 없었으리라. 오히려 귀족들은 각기 제 몸
사리기에 급급했으니까.

보스트리지 남작으로선 미치고 환장할 노릇이었겠으나,
귀족들의 이러한 태도는 진즉에 정해진 이치이자 순리 같
은 것이었다.

란데르트 공작가와 세이모어 백작가를 동시에 척지고 싶
은 가문은 제국 어디에도 있을 리가 없기 때문이다. 둘 중
어느 한쪽이라도 연줄을 대면 대었지, 그 반대의 경우는 대
다수 귀족에겐 생각만으로도 오금이 저리는 일이었다.

란데르트 공작의 위상이야 워낙에 널리 알려져 그렇다
치지만, 사실 세이모어 백작 또한 많은 이들에게 두려움의
대상이었다.

칠흑의 기사단을 이끄는 단장이자 가문의 수장인 그는
알려지길 조용하고 점잖은 인물이지만, 전장에서는 악귀라
고 불리는 사내였다.

그런 그가 대낮에, 그것도 많은 귀족이 보는 앞에서 남작에게 대놓고 전쟁을 선포했다. 이는 둘 중 하나가 죽지 않는 이상 결코 끝나지 않을 싸움이란 뜻이나 마찬가지였다.

그리고 개중 승리자가 누가 될지는 이미 모두가 짐작하고 있었다. 지난한 여정이 되겠지만, 보스트리지 남작가의 몰락은 예정된 수순이었다.

"그럼 라나사는 이제 백작가의 영애가 되는 건가?"

"로건이랑 라피트까지 하면, 세이모어 가문에서 셋이나 우리 아카데미를 다니는 거네?"

"검술 실력이 남다른 데에는 다 이유가 있었던 거야. 이래서 피는 못 속인다고 하는 건가 봐."

"그러게 말이야. 로건이랑 대련이 가능할 때부터 알아봤어야 했는데."

"근데 라피트 녀석, 진짜 불쌍한 거 같아. 첫눈에 반했다며 모두가 보는 앞에서 박력 있게 고백까지 했는데, 갑자기 짝사랑 상대가 사촌 누나가 되다니. 이거 완전 신파극 아니냐?"

"기숙사에 처박혀서 밖에는 아예 나오지도 않는다면서? 충격이 어마어마한가 보다."

"출생의 비밀에는 원래 누군가의 아픔이 따르는 법이지. 소설 보면 다 그렇더라."

"그러다 유급당하면 어쩌려고 그러는 건지. 어휴, 딱하다. 딱해."

"야, 진짜 딱한 건 라나사지. 너 모녀가 학대당한 얘기 아직 못 들었어? 그게 인간이 할 짓이냐? 라나사가 얼음 여신이 된 건 다 그 남작 때문이라고. 어떻게 외숙부란 자가 자기 조카에게 그럴 수가 있지?"

"우리 엄마가 그러는데, 친자식에게도 그러는 사람들이 있다고 하더라. 세상엔 진짜 이상하고 이해하지 못할 일투성이라고."

"헉! 라나사다!"

축제가 한창일 때에도 라나사에 대한 이야기는 연일 뜨거운 화제가 되어 많은 학생의 입에 오르내렸다. 그리고 그건 축제를 마친 지금까지도 현재 진행 중이었다.

"라피트는 식음을 전폐하고 있다던데, 쟤는 어쩜 저렇게 멀쩡하지?"

3교시 승마 수업에 참석하기 위해 잘 다려진 승마복을 착용하고 걸어오는 라나사의 모습은 이전과 전혀 달라진 바가 없었다.

자신을 둘러싼 수많은 추문에 대해선 전혀 알지 못한다는 듯 허리를 꼿꼿이 세운 채 평소처럼 무표정했다.

하지만 바율은 느낄 수 있었다. 라나사는 나름의 방식으로 견디고 있다는 걸.

일견 아무렇지 않아 보여도, 간헐적으로 떨리는 그녀의
속눈썹이 그 증거였다.

아마도 그녀의 가슴속에는 여전히 불길이 치솟고 있을
것이다. 양부를 죽이러 가겠다고 아카데미를 뛰쳐나가려던
라나사를 막아선 건, 그녀의 친부인 아이작이었다.

"내가 하마."

바율은 언제 어느 틈에 그가 움직인 것인지 제대
로 보지도 못했다. 라나사에게 정신이 팔려 있었던
탓인지, 그도 아니면 그가 유난히 빠른 것인지, 아이
작이 어느새 라나사의 양팔을 붙잡고 있었다.

"넌 그냥 지켜보기만 해. 그 자식은 내가 알아서
할 테니까."

"알아서 어떻게 할 건데요? 결국 죽이지 말라는
엄마 말 들을 거면서!"

"그래. 그리고, 네 말도 들을게."

"……!"

"놈의 혀부터 자르고, 사지를 절단할 거다. 말을
못 할 테니, 죽여 달라고 빌 수도 없겠지. 식사는 이
틀에 한 번. 가축의 오물이 섞인, 사람이라면 입에도

넣기 싫은 음식이 지급될 거야. 평생을 한기가 도는 돌바닥에서 개처럼 꿇어 엎드린 채로 그 냄새나고 역겨운 걸 먹으며 살게 할 거다."

"…진짜로 그렇게 할 수 있어요?"

"내가 못할 것 같니?"

아이작은 허튼소리를 하는 게 아니었다. 그는 뱉은 말은 무슨 수를 써서라도 반드시 지키는 사람이었다.

"네가 원한다면 더한 것도 할 수 있어. 그러니 뭐든 말하렴."

아이작이 클로에게 했듯 라나사의 뺨을 적시고 있는 눈물을 조심스럽게 닦아 주었다. 갑작스러운 신체 접촉에 움찔하긴 했으나, 라나사는 피하지 않았다.

"근데, 엄마를 닮아서 울보인가?"

"…아니거든요! 내 별명이 뭔지도 모르면서……."

"그럼 날 닮은 모양이군. 이렇게 소리도 꽥꽥 잘 지르는 걸 보면."

라나사를 향한 아이작의 시선이 깊어졌다.

딸.

그에게 딸이 생겼다.

클로에를 똑 닮은 열아홉 살짜리 소녀.

이제 고작 두 번째 만남이지만, 아이작은 묘한 느낌에 사로잡혔다.

이런 것이 부정이라는 건가. 제게는 있는지조차 몰랐던 감정이 불쑥 튀어나와 그를 혼란스럽게 만들었지만, 이게 또 그리 싫지만은 않았다.

"늦게 와서 미안하다."

아이작은 많이 늦은 사과를 건넸다. 예상하지 못했던 말이었고, 예측하지 못한 시기였다. 그래서일까. 그 진심이 담긴 말에 라나사의 눈물샘이 다시금 터졌다.

"울보 맞는 것 같은데."

아이작이 장난스럽게 중얼거리며 라나사를 품에 안았다. 늦은 만큼 최선을 다해 아껴 주고 보살펴 주리라 다짐하면서. 그런 그의 눈에도 물기가 맺혔지만, 라나사는 미처 알아채지 못했다.

감격스러운 부녀의 상봉을 클로에가 하염없이 눈물지으며 지켜보았다.

"따지고 보면 돈 많은 남작가보단 잘 나가는 백작가가 훨씬 낫긴 할 거야. 그치?"

"그건 그렇지. 게다가 그것도 무려 세이모어 가문인데. 나라도 완전 신날걸?"

라나사의 변함없는 자태가 마음에 안 든 것일까. 학대를 운운하며 딱하다고 동정할 때는 언제고, 몇몇 아이들이 입술을 삐죽이며 비아냥거렸다.

"세이모어 백작의 조카면 앞길은 탄탄대로잖아. 그뿐이야? 친부가 만월 기사단에 있다면서."

"나도 들었어. 근데 그거 엄청 이상하지 않냐? 왜 칠흑의 기사단을 놔두고 거길 들어갔대?"

"소문에는 그 사람이 좀 괴짜라고 하더라고. 성격이 유별난가 봐."

"별나기는 쟤도 별나지. 나 같으면 휴학이라도 하겠다. 라피트에게 미안하지도 않나?"

"나도 그건 좀 그래. 아무리 라피트 혼자 좋아했어도, 저건 좀 아니지. 감정이란 게 없는, 무슨 인형 같지 않냐?"

빠드득.

턱을 꽉 깨무는 바율의 눈매가 사납게 휘어졌다. 말이 과했다. 저들은 자신들의 말소리가 다른 사람들에게 안 들린다고 여기는 것 같지만, 불행히도 감각이 예민해진 바율에겐 너무나도 잘 들렸다.

그리고 라나사의 안색이 점점 창백해지는 것으로 봐서

그녀 역시 듣고 있는 게 분명했다. 당장이라도 헛소리를 해대는 이들에게 다가가 욕이라도 뱉으면 속이 후련하겠건만, 그녀는 상처받은 것을 티 내고 싶지 않은 모양인지 못 들은 척 고개조차 돌리지 않았다.

별의별 말 같지도 않은 소문들이 돌 거라고 예상하긴 했지만, 실제로 도가 지나친 말들을 듣고 있자니 기분이 상당히 별로였다. 친구인 바율도 이럴진대, 당사자인 라나사는 오죽할까.

그녀라고 수업에 참여하고 싶은 심정은 아닐 것이다. 라나사가 여기에 있는 건 라피트보다 충격이 덜해서가 아니라, 그저 살아남기 위해 버티던 태도가 몸에 뱄기 때문이었다.

'나라면 벌써 도망쳤을 텐데.'

1학년 때부터 학부 수석을 놓치지 않았던 라나사로선 아마 수업을 땡땡이치는 건 상상조차 할 수 없으리라.

'그렇다면.'

돌연 바율의 눈이 빛났다. 그는 말없이 하늘을 올려다보았다. 눈치 없게도 해는 쨍쨍하게 내리쬤고, 구름 한 점 없는 맑은 날씨였다.

투둑. 투두두둑.

그러던 하늘에서 별안간 빗방울이 하나둘 떨어지기 시작했다. 가늘게 내리던 빗줄기가 거세지는 건 금방이었다.

"으앗! 갑자기 웬 비야?"

"먹구름도 없는데!"

쏟아지는 비를 피해 아이들이 저마다 바쁘게 마구간의 처마와 커다란 나무 아래로 몸을 밀어 넣었다.

쑤아앙!

갑자기 바람이 분 것은 그때였다.

"엄마!"

"꺄아악!"

허둥지둥 달려가던 아이 중 몇몇이 비바람의 공작에 미끄러지며 바닥에 엉덩방아를 찧었다. 빗물로 땅이 젖어 있었던 터라 흙탕물이 온몸에 튀며 금세 꼴이 엉망이 되었다. 쓰러진 아이들은 모두 라나사를 험담하던 녀석들이었다.

"바율, 너……!"

안 그래도 그들을 예의 주시하며 노려보고 있던 퀸이 놀란 표정으로 바율을 쳐다봤다.

처음에 난데없이 비가 내렸을 땐 단순히 고개를 갸웃했을 뿐이다. 하나 바람에 아이들이 넘어지고 바율을 살핀 순간, 녀석이 고의로 했음을 알아차렸다.

"비도 오는데, 수업은 더 이상 무리겠지?"

퀸의 말뜻이 뭔지 알면서도 바율은 짐짓 모른 척 시치미를 떼며 웃었다. 순식간에 물에 빠진 생쥐 꼴이 되고 말았지만, 바율은 후회하지 않았다.

덕분에 수업은 취소되었고, 라나사는 아이들의 수군거림에서 벗어날 수 있었다. 지금은 그거면 충분했다.

2.

쏴아아.

가을바람이 좋아 활짝 열어 놓았던 창문 틈으로 빗물이 튀어 들어왔다. 창가에서 가장 가까운 곳에 앉아 있던 이언이 재빨리 일어나 가서 창문을 닫았다.

"갑자기 웬 비랍니까?"

보스트리지 남작의 동향에 대해서 보고 중이던 사다드가 고개를 갸웃하며 물었지만, 이언이라고 그 까닭을 알 리 없었다.

"설마 바율 도련님이 그러신 건 아니겠죠?"

"내 아들이 왜?"

사다드의 뜬금없는 말에 란데르트 공작의 고개가 비스듬하게 꺾였다.

물을 자유자재로 다룰 수 있는 정령사이니 불가능한 일은 아니지만, 아무 이유 없이 이럴 녀석은 더더욱 아니었다.

"지금 승마 수업 시간이시거든요."

"근데?"

"승마라면 당연히 야외에서 진행될 텐데, 그런 수업을 땡땡이치기에 비가 내리는 것보다 훌륭한 핑곗거리가 또 있을까요?"

"그 의심에 대한 근거는?"

란데르트 공작의 음성이 서서히 가라앉고 있었지만, 사다드는 평소 그답지 않게 주군의 심경 변화를 감지하지 못했다. 이언과 헤이즈가 뒤에서 그만하라는 눈빛을 마구 표출했으나, 불행히도 사다드는 오늘 눈치라는 게 조금 부족했다.

"방금까지 날씨가 좀 좋았습니까? 보십시오. 비가 이렇게 쏟아지는데도 하늘에는 먹구름 하나 없습니다."

"단지 그것만으로, 바율이 날씨를 바꿔 버렸다?"

"승마를 그리 좋아하지 않는다고 전에 말씀하신 적이 있습니다."

"아하. 그러니까 결론은, 내 아들이 승마가 싫다는 불순한 의도로 수업을 피하기 위해 일부러 비를 내렸다?"

"에이, 불순한 의도라기보다는 한창 그런 장난도 치실 나이이질 않습니까. 만약 저였다면 꽤 자주 써먹었을 겁니다."

"바율이 그런 장난을 칠 성격이던가?"

"…예?"

"게다가 난 자네가 녀석의 수업 일정까지 꿰고 있을 줄은 몰랐군."

"그건…… 제가 원체 한 번 본 건 잘 잊지 않는 편이라…… 하하하."

사다드는 그제야 주군의 얼굴에 드러난 서늘한 기색을 감지했다. 그가 말끝을 흐리며 재빨리 시선을 아래로 내리깔았다.

어떤 상황이든 의구심을 갖고 분석하여 따지는 것은 사다드의 오랜 습관이었다. 부관으로서의 일종의 직업병이랄까.

하지만 방금 그의 말과 태도는 명백한 실수였다. 이게 다비 때문이라며 사다드가 속으로 중얼거릴 때, 하늘의 도우심인지 방문객이 등장했다.

"다들 여기 계셨네요."

로티어스 교수가 헤벌쭉 웃으며 성큼성큼 안으로 걸어왔다. 그런 그의 손에는 웬 커다란 나무 상자가 들려 있었다. 세이모어 백작과 아이작이 그 뒤를 나란히 따라 들어왔다.

"그게 뭔가?"

"이거요?"

란데르트 공작의 물음에 로티어스 교수가 착한 아이의 머리라도 쓰다듬어 주듯 상자를 다정하게 어루만졌다.

"백작님께서 주신 선물입니다. 크흑! 벌써부터 설레네요."

"…술이로군."

"어떻게 아셨습니까?"

"그랜트가 네게 담배를 주진 않았을 테니, 남은 건 술뿐이겠지."

"아, 공작 전하께선 역시 절 너무 잘 아십니다."

선물이 퍽이나 마음에 들었는지 로티어스 교수가 연신 싱글벙글 웃어 댔다.

"블러드 오브 드래곤을 얻어 마셨는데, 모른 척 돌아가자니 영 찝찝해서 말입니다. 나중에 들볶이느니 이렇게라도 갚은 셈 쳐야죠."

"아이고, 심란한 와중에 저까지 생각해 주시니 몸 둘 바를 모르겠습니다."

"그거, 뇌물이니까 너무 좋아하진 말고."

"엑, 뇌물이라니요? 뭔 뇌물인데요?"

듣기만 해도 싫은 단어인지, 로티어스 교수가 질색하며 눈가를 와락 찌푸렸다.

"라피트."

세이모어 백작이 한숨을 푹 내쉬며 지쳤다는 듯 소파에 등허리를 묻었다.

"아."

그 이름 하나로 다른 설명은 필요가 없어졌다. 라피트가 며칠 전부터 기숙사에 박혀서 나오지 않는다는 건 모두가 아는 사실이었다.

"녀석이 생각보다 충격이 컸던 모양이야. 여태 그랬던 적이 없는데…… 난 내일이면 가 봐야 하니, 제인 네가 좀 들여다봐 줘."

솔직히 세이모어 백작에게 라피트는 뒷전이었다. 그간 방치되어 있던 클로에와 라나사를 보살피고, 보스트리지 남작가를 처리하는 것이 더 급했기 때문이다.

일은 이미 순차적으로 착착 진행되고 있었다. 그러고 나자 뒤늦게 라피트가 걱정이었다.

"라피트 그 녀석이 입학하자마자 요란스럽게 굴긴 했지요. 라나사에게 연심을 품는 녀석들이야 많지만, 지금껏 그렇게까지 들이댔던 녀석이 없었거든요. 아무튼 뭐, 알겠습니다. 뇌물 값 톡톡히 해 보죠."

"라나사에게 추근거리는 녀석들이 많습니까?"

조카인 라피트 얘기에도 말없이 백작의 옆에 앉아만 있던 아이작의 눈꼬리가 반사적으로 올라갔다.

"훗. 딸에 대해 공부 좀 하셔야겠습니다."

"무슨 뜻입니까?"

아이작은 피식거리는 로티어스 교수가 마음에 들지 않는다는 듯, 뾰족한 눈으로 쳐다봤다.

"라나사가 워낙에 공부도 잘하고 미모가 빼어나니 흠모하는 녀석들이 많긴 하지요. 근데, 추근거리는 것도 깜냥이 있어야 하지 않겠습니까? 잘못 건드렸다간 팔다리 하나쯤은 부러질지도 모르는데, 누가 감히 용기를 내겠느냐고요. 라피트 녀석이나 되니까 할 수 있었던 겁니다."

"듣던 중 반가운 소리네요."

라나사가 알아서 잘 철벽을 치고 있다는 것에 아이작은 언제 그랬냐는 듯 만족스러운 기색이었다. 그것이 못내 서운했는지 세이모어 백작이 동생을 향해 눈을 흘겼다.

"넌 내 아들 걱정은 하나도 안 드는 거냐? 라피트가 남이야? 너한테는 조카라고, 인마!"

"열여섯 살이나 됐으면 알아서 잘 추스르겠지요. 형님은 뭘 그런 일로 뇌물을 주고 그럽니까? 아들을 그렇게 못 믿으세요?"

"그래! 너랑 옛날부터 하는 짓이 너무 똑같아서 못 믿겠다! 대형 사고는 네놈이 쳤는데, 왜 내 아들이 아파해야 하는 건데?"

"예쁜 딸을 낳은 것도 잘못입니까?"

"이 자식이 끝까지……!"

"둘 다 그만하게. 형제 싸움은 집에 가서들 해."

두 형제의 언성이 더 높아지기 전에 란데르트 공작이 끼어들었다.

"그리고 아이작."

"네."

"자네는 당분간 근신이야."

"……."

"만월 기사단의 명예에 오점을 남겼으니 감봉 처분당해도 할 말 없겠지?"

"이참에 아예 그냥 제명을 하시죠?"

세이모어 백작은 이때다 싶었다.

이제껏 만월 기사단은 놀라우리만치 잡음 하나 없이 제국 최고의 기사단이라는 명성을 지켜 왔다. 란데르트 공작의 위명에 누가 되기라도 할까 봐 다들 몸을 사린 건지 어쩐 건지는 모르겠다만, 백작은 이번 기회에 동생이 돌아오길 바랐다.

"그건 안 됩니다!"

"맞습니다! 절대로 안 됩니다!"

이언과 헤이즈의 외침이 동시에 울려 퍼졌다. 본인이 원하든 원치 않았든, 대외적으로 아이작이 만월 기사단의 명예를 실추시킨 것은 분명한 사실이다. 하나 고작 그 정도 이유만으로 그를 내칠 수는 없었다.

세이모어 백작처럼 피를 나눈 형제는 아니었어도, 그들은 서로에게 목숨을 맡긴 채 전장을 함께 누빈 끈끈한 선후배 사이였다.

"그렇다는데요?"

사다드 역시 아이작의 제명은 있을 수 없는 일이라는 듯 단호한 목소리를 발하며 동참했다.

"호오, 소문대로 만월 기사단의 사이가 무척이나 좋은가 봅니다. 이렇게 정색을 하는 걸 보니."

"내 말이 그 말일세. 왜 자네들이 정색하는 건가? 이 자식이 뭐라고?"

재밌어하는 로티어스 교수와 달리 세이모어 백작은 내심 당황했다.

"저희에게는 소중한 선배님이십니다. 게다가 이번 일은 선배님의 고의가 아니었지 않습니까. 언젠가 밝혀질 일이 밝혀진 것뿐이니, 제명은 절대 안 된다고 생각합니다."

"만일 공작 전하께서 제명을 고려하고 계신다면 철회해 주십시오."

정작 당사자인 아이작은 무심해 보이는데 주변에서 더

난리였다.

"아이작, 자네가 말해 보게."

"뭘 말입니까?"

란데르트 공작의 명에 아이작이 그제야 눈을 들어 시선을 맞췄다.

"다들 자네 역성을 들고 있지만, 난 생각이 좀 다르거든."

"공작 전하!"

"설마 진짜로 아이작 선배를 제명하실 겁니까?"

"내 말 아직 안 끝났네."

공작의 엄한 말투에 이언과 헤이즈가 즉시 입을 다물었다.

"라나사와 클로에 부인 생각도 해야지. 그들도 이제부턴 세이모어 가문의 사람인데, 이제 갓 재회한 가족을 다시 생이별시킬 순 없지 않겠나?"

"암요. 그렇죠. 가족은 모름지기 함께 살아야지요."

세이모어 백작은 란데르트 공작의 생각에 전적으로 동의했다.

"만월 기사단 내에서 유례없던 일이지만, 아이작이 원한다면 보내는 게 맞아. 특수한 경우이니 단원들도 받아들일 걸세."

"그럴 일은 없을 겁니다."

명료한 음성의 주인공은 아이작이었다. 그 예상치 못한 답변에 제일 놀란 건 그의 형인 세이모어 백작이었다. 백작이 당장이라도 한 대 갈기고 싶은 낯빛으로 동생을 노려보았다.

"클로에와도 이미 얘기 끝냈습니다."

"끝내다니? 무슨 얘기를 끝내?"

"함께 해밀턴으로 가기로요."

"뭐, 뭐야? 이 자식이 나랑은 한마디 상의조차 없이!"

"상의가 왜 필요합니까? 제가 언제 형님이랑 그딴 걸 했다고."

"하아, 이 자식 말본새 보게. 네놈이 싸지른 똥 뒤치다꺼리는 내가 다 하고 있는데, 그게 이 형님한테 할 소리냐?"

"그 점은 감사하게 여기고 있습니다."

아이작은 진심이었다.

"하지만 전 만월 기사단의 단원입니다. 세이모어가의 차남으로 태어나긴 했지만, 그보다 더 긴 세월을 만월 기사단에서 보냈습니다. 제가 있어야 할 곳은 제가 정하게 해 주십시오."

"해밀턴의 겨울은 춥다. 남부 사람이 견디기엔 혹독할 거야."

"공작 전하께서도 참, 별걱정을 다하십니다. 라나사는 저를 닮아 강골일 게 뻔하고, 클로에도 그리 약한 여인이 아닙니다. 제 딸을 저리 씩씩하게 지켜 내고 키워 낸 걸 보면 모르십니까?"

"제가 특별히 해가 아주 잘 드는 집으로 알아보도록 하겠습니다. 맡겨만 주십시오!"

세이모어 백작의 일그러진 표정이 보이지도 않는지, 사다드가 주먹을 불끈 쥐며 사명감을 드러냈다. 아이작의 확고한 결심에 이언과 헤이즈도 그제야 안색을 펴며 안도했다.

"자네 뜻이 그렇다면 알겠네."

란데르트 공작은 가볍게 고개를 끄덕이는 것으로 아이작의 결정을 존중했다. 불만을 드러내고 있는 긴 백작이 유일했다. 그가 열불이 난다는 듯 앞에 있던 물 잔을 낚아채더니 벌컥벌컥 숨도 안 쉬고 들이켰다.

"물보다는 술이 필요하신 것 같은데. 이거 딸까요?"

"넌 교수라면서 수업도 없냐?"

"교수에게나 학생에게나 가끔씩 자율 학습은 필요한 법입니다."

"그럼 학습을 해야지, 술은 왜 마시는데?"

"위로주가 어떻게 때를 가립니까?"

로티어스 교수가 어깨를 으쓱이고는 지체 없이 술병을 열었다. 보통 때라면 대낮부터 무슨 술이냐며 다들 말렸겠지만, 세이모어 백작에게는 정말로 술이 필요해 보였다.

"자자, 다들 한 잔씩 하자고요."

그렇게 해서 난데없는 술 파티가 아카데미 한복판에서 벌어졌다.

쏴아아아.

안주는 시원하게 퍼붓는 빗줄기가 대신했다.

Chapter 5.

다시 돌아온 일상

1.

금요일 오후.

란데르트 공작은 바율의 수업이 끝나는 시간에 맞춰 기차역으로 출발했다. 세이모어 백작은 급한 일이 생기는 바람에 그보다 한발 이른 시간에 먼저 황도로 떠났다.

아카데미는 본디 평일 외출이 금지되어 있지만, 바율은 총장의 특별 허락으로 기차역까지 아버지와 동행하게 되었다.

한데 어떻게 알았는지, 공작을 배웅하기 위한 인파가 캐링스턴 기차역으로 몰려드는 통에 한동안 일대가 마비되는 사태가 벌어졌다.

그 덕에 란데르트 공작과 바율이 탄 마차는 벌써 십여 분이 넘도록 제자리를 벗어나지 못하고 있었다.

만일 이곳이 들어서는 순간부터 공작의 머리를 지끈거리게 하는 황도였다면 이미 벌써 꽤 짜증이 났었을 터였다. 안 그래도 부족한 시간을 길바닥에서 허비하게 되었다는 이유로.

하지만 지금은 오히려 이 상황이 기꺼웠다.

"길이 막혀도 좋을 때가 있구나."

아들과 오붓한 시간을 보내기 위해 축제 참석을 핑계로 일부러 무리하다 싶을 만큼 일정을 빼놨건만, 아이작의 일이 터지면서 자연스레 뒤처리니 뭐니 정신없이 바빠져 버렸다.

그 탓에 일주일이나 머물면서도 정작 아들과는 식사도 몇 번 함께하지 못했고, 이베트에 관한 이야기도 더 나눌 새가 없었다.

"이것이 통로라고 하였지?"

란데르트 공작이 맞은편에 앉은 바율에게로 손을 내밀어 펜던트를 소중하게 어루만졌다. 정령계가 복원되고 통로가 열리는 그 순간, 이베트를 다시 만날 수 있다고 하였다.

"그날이 얼른 왔으면 좋겠구나."

"사대 정령이 전부 상급이 되었으니 이제 머지않았을 겁니다. 조금만 더 기다려 주세요. 제가 꼭, 반드시…… 어머니를 만나게 해 드릴게요."

바율은 어느 순간부터 그 말을 마치 주문처럼 하고 다녔다. 그럴 때마다 공작은 기특한 마음이 드는 한편, 녀석에게 너무 큰 짐을 지워 준 건 아닌가 하는 걱정에 휩싸였다.

이제 고작 열일곱 살짜리가 부모를 위한답시고 위험을 무릅쓰고 덤빌까 봐 무섭기도 했다.

"무리하지는 말거라. 아비는 십 년이고 이십 년이고, 얼마든지 기다릴 수 있으니까."

일반인들보다 노화 속도가 늦다는 건 이럴 때 이롭다. 기다림에 좀 더 여유를 가질 수 있으니.

"그때 얘기했던 천족을 특히 조심해야 한다."

"네, 아버지. 제 옆에 누가 있는지 아시잖아요. 데스가 발목도 잘라 냈다고 하니, 당분간 이상한 장난은 안 칠 것 같아요."

"하마터면 큰 인명 사고로 번질 뻔한 사건이었다. 그런 걸 장난이라고 할 수는 없지."

"제 말은, 천족 입장에선요. 절 시험하려고 했던 것 같은데, 그래서 뭘 알고 싶었던 건지를 모르겠어요."

"정령사로서의 너의 자질이 아니겠느냐?"

"정말 그뿐일까요?"

바율의 의혹에 란데르트 공작은 선뜻 답하지 못했다. 정령에 대해서라면 그보다는 바율이 훨씬 많은 것을 알고 있기 때문이다.

"정령계가 멸망한 건 틀림없이 천족과 깊은 관련이 있을 거예요. 이제부터 그 단서를 좀 찾아보려고요."

그래야 정령계의 복원을 조금이라도 앞당길 수 있을 것이다.

"근데 참, 보스트리지 남작가는 이제 어찌 되는 건가요?"

남작가에 대해 철저한 조사가 들어갔다는 건 바율도 익히 알고 있었다. 하지만 그를 제대로 파멸시키기 위해서는 재판이 열려야 했고, 그건 시간을 꽤 잡아먹는 일이었다.

"남작은 일단 구금된 상태다. 여동생과 조카를 학대한 정황이 너무나 뚜렷해서 증거를 대고 말 것도 없었지. 야반도주를 시도하려다가 잡혔다는구나."

"그럼 남작의 재산은 압수되는 겁니까? 포도밭으로 벌어들이는 수익이 엄청나다고 들었거든요."

"비리가 밝혀지면 아마 어마어마한 징수금을 물게 되겠지. 남은 재산은 자식과 형제들이 물려받게 될 테고."

"라나사도 받을 몫은 있는 거겠죠?"

"녀석, 그게 궁금했던 게냐?"

"그냥…… 라나사가 여태 고생한 게 억울하잖아요. 그리고 라나사라면 그런 돈 안 받는다고 할 성격도 아니에요. 받을 수 있는 거라면 악착같이 다 받아 낼걸요?"

"그런 구체적인 문제들은 그랜트가 알아서 할 게다. 난 그저 약간의 도움을 주었을 뿐."

세이모어 백작가의 뒤에 란데르트 공작이 있다는 소문이 이미 제국 전역으로 번졌다. 그걸 약간의 도움으로 치부하는 건 상당한 억지였다.

"라나사에겐 당분간 호위가 붙을 거라고 하더구나. 궁지에 몰린 보스트리지 남작가에서 무슨 발악을 할지 모르니 말이다."

"그런 거 귀찮아할 텐데. 그래도 안전이 최고니까요. 저도 신경 쓰도록 할게요."

란데르트 공작은 대견하면서도 흐뭇한 눈길로 바율을 바라보았다. 제 한 몸 추스르기도 힘들었던 녀석이, 이제는 친구의 안전까지 살피는 경지에 이르렀다.

작년 초까지만 해도 상상조차 할 수 없었던 변화다. 달라진 아들의 모습이 공작은 썩 마음에 들었다.

"클로에 부인께선 아이작 경과 바로 해밀턴에 가시는 거죠?"

"아이작은 평소에도 황도에 갈 일이 없는 편이다. 거기에서 딱히 할 일이 없거든."

"그렇군요. 어젯밤에 아이작 경이 타락의 숲에서 몬스터들의 사체 수거하신 거, 맞죠? 솔직히 따라가서 보고 싶었는데, 너무 강경하게 오지 말라고 하시니 아쉬웠어요."

"그게 보고 싶었느냐?"

"네. 좀 흉측하기야 하겠지만, 그래도 신기할 것 같아서요."

"글쎄다. 그다지 권하고 싶진 않구나. 그래도 언젠가 볼 날이 있을 수도 있겠지."

아이작의 아공간이 벌어지면 지옥도가 펼쳐진다는 걸 이 어린 아들에게 어찌 설명해 줘야 할지 공작은 순간 막막했다.

"아, 그러고 보니 네게 카셀에 대해 얘기하지 못했구나."

"그를 만나셨어요?"

"제인이 좀 졸라야지. 이사장을 설득하는 걸 도와 달라기에 잠시 보긴 했는데, 사람이 좀 달라진 듯한 느낌이었다."

"그렇죠? 갑자기 막 친절하게 구는데, 눈빛이 묘하더라고요. 여전히 정신이 나간 것 같긴 한데, 전처럼 선득한 느낌은 사라진 거 같다고 해야 하나?"

"이사장에게 가문을 버리겠다고 했다더구나."

"예에? 가문을 버려요?"

그건 전혀 모르는 사실이었다. 바율이 기함하자 란데르트 공작은 일단 더 두고 보자며 너무 걱정하지 말라는 듯 아들의 어깨를 두드렸다.

"놈이 허튼짓을 하면 본인이 직접 나서겠다고 이사장이 내게 약조했다."

드래곤의 약속이니 어길 염려가 없어 무엇보다 믿음직스럽다.

캐링스턴을 떠나는 란데르트 공작이 바라는 건, 부디 더이상 아무런 사건도 일어나지 않는 것이었다.

그저 바율이 무사히 2학기를 마치고 겨울 방학에 돌아와, 함께 랑트에 가서 온천욕을 하는 게 그의 소소한 꿈이자 바람이었다.

똑똑.

"공작 전하, 이제 내리셔야 할 것 같습니다."

어느덧 기차역에 당도한 모양이었다. 아들과 함께하니 시간이 유난히 빨리 흐른 듯하다. 마차가 멈추자 바로 옆에서 호위하며 따라오던 사다드가 말에서 뛰어내려 직접 문을 열었다.

"밖에 사람이 많으니 넌 이 마차를 타고 바로 돌아가는 것이 좋을 것 같구나."

"그래도 아버지께서 가시는 건 보고 싶습니다."

"저 틈바구니에서 말이냐?"

란데르트 공작이 도착한 걸 알고 이미 열띤 환호성이 사방팔방에서 들려오고 있었다. 플랫폼에 도착하기 전에 압사를 당하지 않는 것이 기적일지도 모른다.

"아버지는 괜찮으신 거죠?"

"이쯤이야 내겐 익숙하지."

제국의 살아 있는 영웅이라 불리는 그가 아니던가. 어딜 가도 더하면 더했지, 덜하진 않았다.

"네, 아버지. 그럼 전 바로 돌아갈게요. 조심히 올라가십시오."

"그래. 겨울에 보자꾸나."

또다시 긴 이별이었다. 란데르트 공작이 바율을 잠시 애틋하게 쳐다보고는 긴 다리로 성큼 내려섰다.

"근데 말이다. 한 가지 궁금한 게 있는데."

마차의 문이 닫히기 직전, 공작이 머리를 드밀며 바율에게 물었다.

"어제 갑자기 대낮에 비가 내리던데. 네가 한 건 아니겠지?"

"…어제 낮에요?"

"구름 한 점 없는 맑은 날씨였는데, 별안간 비가 와서 말이다. 사다드가 그걸 보더니 네가 승마 수업을 피하기 위해 일부러 그런 게 아니냐며 헛소리를 하더구나."

그게 꼭 헛소리만은 아닌데요.

내심 찔리는 구석이 있는지라 바율은 살짝 머뭇거렸지만, 구체적인 이유가 달랐기에 아니라고 잡아뗐다.

"사다드 경의 억측이 지나치시네요."

"그렇지?"

"네."

바율은 입술에 침도 바르지 않고 거짓말을 잘도 했다. 예전이라면 얼굴이나 말투에서 전부 티가 났겠지만, 아카데미에서 때가 묻은 듯 그의 표정은 평소와 같았다.

"그럼 진짜 가 보마. 편지하거라."

공작은 바율을 한 번 더 따뜻한 눈길로 훑은 뒤, 문을 닫고 서둘러 기차역으로 향했다. 그가 손을 흔들자 우레와 같은 시민들의 환성이 마차 안까지 크게 들려왔다.

2.

"이제 진짜 일상으로의 복귀인가."

2학기의 최대 행사인 가을 축제가 끝나면, 학생들은 겨울 방학이 오기 전까지 기말고사에 대비하는 것이 최대 과제였다.

이때 낙제라도 하면 유급되어 위 학년으로 진급을 못 할 수 있기에, 학생들이 가장 예민해지는 시기이기도 했다.

다사다난했던 학기 초를 지냈으니, 제발 남은 시간은 학생으로서의 본분에 충실할 수 있었으면 더 바랄 게 없겠다고 바율은 홀로 걸으며 생각했다.

"바율! 너 이제 오면 어떡해!"

그러던 바율 앞에 돌연 슈빅이 나타나서는 요란을 떨어댔다.

"왜? 무슨 일인데?"

"라나사가 쳐들어갔어!"

"…쳐들어가다니? 어딜?"

"어디긴 어디야, 라피트 기숙사지!"

"뭐어?"

아버지를 배웅하고 돌아오자마자 이게 무슨 날벼락이란 말인가. 현재 라나사와 라피트는 만나서 하등 좋을 게 없는 상황이었다.

"맨몸으로 간 거면 내가 이러지도 않지. 이만한, 엄청 두꺼운 목검을 들고 갔다니까?"

"로건은? 다른 애들도 거기로 갔어?"

"그건 내가 묻고 싶은 말이다! 이 녀석들 단체로 어디 처박혀 있나 봐. 코빼기도 안 보이는 거 있지! 라나사를 말릴 수 있는 건 너희들뿐이잖아. 이러다 라피트 녀석 죽기라도 할까 봐 무서워 죽겠어!"

슈빅은 원래가 과장이 심한 편이었다. 하지만 목검을 들고 갔다니 마냥 안심할 수도 없는 노릇이었다.

"일단 내가 가 볼게. 라피트, 블랙팔콘 맞지?"

"어! 성 꼭대기!"

"알겠어. 넌 애들 좀 찾아서 그리로 보내 줘."

바율은 이제껏 가 본 적도 없는 블랙팔콘 기숙사를 향해 미친 듯이 뛰었다. 그러다 갑자기 번뜩 왜 이렇게 미련스럽게 뛰고 있나 싶은 생각이 들었다. 바람의 힘을 이용하면 쉬울 텐데.

생각은 길지 않았고, 바율의 몸은 그대로 허공으로 치솟았다.

"어! 어어어엇!"

지나가던 아이들이 그런 바율의 모습을 신기하면서도 불안하게 올려다보며 눈을 떼지 못했다.

"라피트의 방이 어디쯤일까."

바율은 일단 창문으로 다가가 쭉 살펴보기로 했다. 그러기도 잠시, 벽면이 흔들릴 정도로 누군가 문을 세게 걷어차는 소리가 들렸다.

언제고 보았던 장면이라 바율은 주저 없이 그곳으로 날아가 창문으로 쓱 몸을 집어넣었다.

"야, 라피트!"

불시에 찾아와서 노크조차 없이 문을 연 것으로도 모자라 다짜고짜 소리를 버럭 지르는 라나사의 모습에, 팔베개를 한 채 침대에 멍하니 누워 있던 라피트가 황당하다는 듯 몸을 일으켰다.

"휴! 다행히 안 늦었네."

그에 이어 대뜸 창문을 열고 들어오는 바율을 보고는 녀석이 미간을 있는 대로 찌푸렸다.

"뭡니까, 양쪽에서?"

룸메이트가 자리를 비웠길 망정이지, 놀라서 비명이라도 질렀으면 사과 한 번으로 끝내지 못했을 것이다. 녀석이 심통이 그득한 얼굴로 바율과 라나사를 번갈아 노려보았다.

"이게 어디서 눈알을 함부로 치켜떠! 얼른 눈에 힘 안 풀어?"

라나사의 일갈에 라피트는 어처구니없는 기색을 감추지 못했다. 현 상황에서 '함부로' 라는 단어를 말할 수 있는 건 누가 봐도 그였기 때문이다.

"나 참. 내가 내 눈도 맘대로 못 뜹니까?"

"뭐가 어째?"

"남의 방에 허락도 없이 침입한 건 내가 아니라 선배거든요? 가뜩이나 심란한 사람한테 왜 멋대로 쳐들어와서 시빕니까? 지금 선배 행동, 되게 어이없는 거 알아요?"

라피트의 반항 정신에 불이 번쩍 켜졌다. 녀석이 눈에 힘을 빼기는커녕 더욱 크게 부릅뜨며 라나사를 쏘아보았다.

"그래. 어이없겠지."

웬일로 라나사가 고개까지 끄덕이며 바로 수긍했다. 하지만 다음 순간 그녀에게서 흘러나온 한마디에 라피트는 몸을 움찔할 수밖에 없었다.

"근데, 네가 지금 아무리 심란해도 나보다 더 심란하겠니?"

라나사는 흥분을 가라앉히려는 듯 잠깐 호흡을 길게 내쉬었다가 말을 이었다.

"알아, 나도. 사람의 감정이라는 건, 같은 꽃 한 송이를 보고도 느끼는 바가 다를 만큼 전부 제각각이라는 거. 특히 상처나 고통, 이런 건 다들 자기가 제일 아프지. 내가 힘든데 남 생각할 겨를이 어딨겠어. 거기다 대고 이기적이라고 말한다면, 그거야말로 이기적인 걸 거야."

라나사의 음성은 어느덧 차분하게 변해 있었다. 라피트는 어째선지 그게 더 무서웠다. 바율도 차라리 조금 전처럼 고함을 지르는 게 낫겠다고 속으로 생각했다. 그걸 아는지 모르는지 라나사는 계속 말했다.

"그래서 나도 웬만하면 감정의 깊이에 차등을 두고 싶지 않은데, 적어도 지금만큼은 네가 날 좀 봐주면 안 될까?"

"……!"

"넌 고작 첫사랑을 잃은 거지만, 난 20년 만에 가족을 찾았잖아. 난 네가 내 존재를 슬퍼하기보단 기뻐해 주었으면 좋겠어. 가족에게 미움받는 건 이제 정말 질렸거든."

라피트를 당황하게 할 목적이라면 완벽한 성공이었다. 녀석이 침대 위에서 엉거주춤 물러앉으며 말을 더듬었다.

"…내, 내가 언제 밉대요?"

"아니야?"

"당연히 아니죠! 내가 어떻게 선배를 미워합니까? 사람 마음이 뭐 그렇게 확확 바뀌는 줄 아세요? 나도 선배가 친부를 찾은 건 다행이라고 생각한다고요!"

라나사에 대한 이야기는 라피트도 대충 들어서 알고 있었다. 처음 그 얘기를 접했을 땐 보스트리지 남작인지 뭔지를 쫓아가 죽여 버리고 싶은 충동을 느끼기도 했다.

"그런데?"

"그런데는 무슨 그런뎁니까? 그냥 나도 시간이 좀 필요한 거지!"

라피트가 별안간 벌떡 일어서더니 답답하다는 듯 머리를 마구 쓸어 넘겼다. 웅얼거려서 제대로 듣지는 못했지만, 끝에 욕 비슷한 소리를 한 것 같기도 했다.

"바보 천치도 아니고, 사촌 누나를 계속 짝사랑하겠어요? 내가 아무리 철이 없어도 그 정도 정신머리는 있다고요!"

말하다 보니 울컥 화가 치솟았다.

나름대로 감정 정리를 하며 잘 내리누르고 있었건만 왜 사람을 건드리냐고, 건드리길!

"근데 왜 밥 안 먹어?"

"…뭐라고요?"

"뭘 하든 밥은 처먹고 해야 할 거 아니냐고."

"뜬금없이 웬 밥 타령입니까? 내가 밥을 먹든 안 먹든 선배하곤 상관없잖아요!"

"왜 상관이 없어?"

라나사가 라피트에게 한 발짝 바투 다가섰다.

"우리 이제 남 아니고 가족이거든? 나한테는 제대로 된 가족도 처음이지만, 피 섞인 동생도 처음이야. 그리고 내가 세상에서 제일 싫어하는 게 배고픈 거고. 그러니까 굶지 말란 말이야."

"…그 말은 선배가, 지금 날 걱정했다는 겁니까?"

그깟 식사 좀 며칠 걸렀다고?

엄밀히 말하자면 사실 완전히 굶은 것도 아니었다. 로건과 룸메이트가 빵이며 과일, 육포 등을 수시로 방에 가져다준 덕에 배에서 꼬르륵거릴 때마다 한두 개씩 집어먹었다. 라피트 본인은 방에만 있어서 몰랐지만, 아카데미 내에 퍼진 그에 관한 소문은 굉장히 와전되어 있었다.

"그럼 안 하니? 모른 척 생깔까?"

라피트는 얼떨떨한 기분으로 라나사를 내려다보았다. 진한 보라색 눈동자가 자신을 곧이 응시하고 있었다. 언제 봐도 참 아름답고 신비한 눈빛이었다.

"선배는 눈이 정말 예뻐요."

"뭐?"

녀석의 엉뚱한 말에 라나사의 미간이 찡그려졌다.

"선배 그 눈 보고 내가 첫눈에 반했던 거거든요."

"…헛소리는 그만하지?"

"근데 그 눈에 이제야 비로소 내가 있네요."

마치 졌다는 양 라피트가 고개를 저으며 픽 웃음을 터뜨렸다.

"늘 한심하고 귀찮게만 보더니, 밥 좀 안 챙겨 먹었다고 뭘 그렇게 걱정을 해요? 설마 내가 굶어 죽기라도 할까 봐요?"

"거기까지 생각하고 온 건 아니야. 그저 오늘쯤이면 밥 먹으러 갈 기운도 없을 게 분명하니까…… 데리러 온 거지."

라나사가 슬쩍 눈길을 피하며 혼잣말하듯 중얼거렸다.

"데리러…… 왔다고요?"

라피트는 또 한 번 놀라고 말았다. 그간 무슨 짓을 해도 차갑고 도도하기만 하던 얼음 여신이 자신을 걱정한 것도 모자라서, 같이 밥을 먹기 위해 데리러 왔단다.

"와아! 내일 해가 서쪽에서 뜬답니까? 내 눈앞에 있는 사람, 진짜 라나사 선배 맞아요? 이럴 리가 없는데."

"너야말로 이럴 리가 없을 텐데…… 너, 굶은 거 아니지?"

라나사는 보육원에서 자주 굶어 봐서 알았다. 아무리 그간 영양 상태가 좋았다고 해도, 사흘을 넘게 굶었는데 이렇게까지 멀쩡할 수는 없었다.

처음 들이닥쳤을 땐 침대에 누워 있는 걸 보고 내심 가슴이 덜컹했는데, 바락바락 대드는 모양새가 기운이 아주 차고 넘쳤다.

"하, 저기 좀 보게."

뒤늦게 미식의 흔적들이 눈에 띄었다. 라나사의 손이 책상 근처를 가리켰다.

"사과를 야무지게도 드셨네. 과일만 먹었을 리는 없고, 육포나 빵 같은 걸 누가 가져다줬나 보지?"

"…귀신이네요. 선배. 그걸 어떻게 알았어요?"

"간단하게 먹을 수 있는 게 그런 거밖에 더 있니?"

"대단하시네. 형이랑 룸메이트가 챙겨 줬어요."

"로건이?"

"네. 우리 형이 원래 그런 성격이 아닌데, 매일 얼굴도장도 찍고 가더라니까요. 그래도 동생이라고 신경이 쓰이긴했나 봅디다."

다시 생각해도 기가 찬다는 듯 라피트가 키득거렸다.

"넌 지금 웃음이 나오니?"

"그럼 울어요? 다시 침대로 누울까요?"

"이젠 협박까지 하냐?"

"잘 먹히는 것 같아서 자주 애용해 볼까 합니다."

"다음은 없어. 또 이딴 식으로 나오면 그땐 이 목검으로 신명 나게 패 버릴 테니까."

라나사가 목검을 높이 쳐들자 라피트가 '어어!' 하며 후닥닥 물러섰다.

"얘, 얘들아!"

둘 사이에 언제 끼어들어야 하나 기회만 보고 있던 바율이 얼른 달려가 중간에 섰다. 사촌 간에 이야기가 잘 풀리는가 싶어 안도하던 차였는데, 라피트 녀석의 입이 방정이었다.

"우리 지성인답게 말로 하자, 말로."

"여태 말로 하고 있었어. 지금도 그냥 시늉만 한 거고."

라나사는 그렇게 말하면서도 목검을 내려놓지는 않았다. 자신이 속았다는 것에 꽤 억울한 눈치였다.

그것도 모르고 라피트는 태평하게 바율에게 물었다.

"근데 바율 형은 왜 거기서 나와?"

"어?"

"멀쩡한 문 놔두고 왜 창문으로 다니느냐고. 나한테 급한 용무라도 있어?"

"그게…… 있었는데……."

바율은 저도 모르게 라나사를 힐긋거리며 말을 흐렸다. 당사자 앞에서 '실은 라나사가 목검으로 너를 때려눕힐까 봐 걱정돼서 날아왔어'라고는 답할 수 없지 않은가.

"나 때문이니?"

그러나 라나사는 바율의 그 눈짓 한 번에 이미 본질을 파악했다.

"내가 라피트를 죽이기라도 할까 봐서?"

"아니, 꼭 그런 건 아니고……."

"아니고?"

"…목검을 가지고 갔다기에."

"이거?"

라나사가 그제야 겨우 목검을 허리춤으로 내려놓았다.

"훈련 끝내고 바로 오는 길이었거든. 저녁에는 종종 이 상태로 저녁 먹으러 가기도 하는데. 몰랐나 보네."

"…아, 그랬어?"

바율은 정말 몰랐다. 기실 그가 여기로 급히 날아온 건 슈빅 탓이 컸다. 녀석이 하도 야단법석을 떠는 바람에 라나사의 행동 패턴 같은 건 전혀 고려조차 안 했다.

"물어보나 마나 슈빅이겠지. 이리로 오다가 마주쳤는데, 날 보더니 얼굴이 아주 하얗다 못해 누렇게 떴더라. 너한테 뭐라고 했을지 눈에 빤해."

바율은 라나사의 추리력에 감탄하며 그저 눈만 슴벅거렸다. 긍정을 하자니 슈빅의 미래가 염려스러웠고, 부정을 하자니 거짓말이 되어 마음이 편치 않았다.

"에이, 바율 형. 나 걱정해서 온 거였어? 아무려면 내가 라나사 선배에게 맞을까. 저 목검이 내 몸을 스치는 일 따위는 일어나지……!"

딱!

"아악!"

라피트는 문장을 마무리 짓지 못했다. 녀석의 말이 채 끝나기도 전에 라나사가 목검으로 꿀밤이라도 먹이듯 라피트의 머리통을 때렸기 때문이다.

바율도 깜짝 놀랄 정도로 소리가 컸다. 하지만 다행히 강도는 약했는지 라피트는 쓰러지지도, 휘청거리지도 않았다. 대신 머리를 짚은 채 경악하며 라나사를 바라보았다.

"선배…… 지금 나 쳤어요?"

"그래, 쳤다. 왜, 억울해?"

"무기도 없는 상대에게 이러는 건 매너가 아니죠!"

"그러는 넌 내가 여자라고 얕봤으면서, 그건 매너가 있는 거니?"

"아니, 내가 언제 선배가 여자라고 얕봤습니까?"

"응징의 다리에서 결투를 했을 때도, 조금 전에도. 내가 여자라서 너보다 실력이 없을 거라고 단정 짓고 있잖아. 내가 그 정도도 눈치채지 못할 줄 알았어?"

제대로 대련하면 이기지도 못할 게, 남자랍시고 으스대는 꼴을 볼 때마다 아주 밉상이었다. 사촌 동생만 아니면 몇 대 더 갈기고 싶었다.

"아 씨, 무슨 오해를 해도 그딴 식으로 합니까? 난요! 선배가 여자라서 얕본 게 아니라, 내가 잘하니까! 내가 잘난 놈이라서 봐준 거거든요? 뭘 알지도 못하면서 그럽니까?"

"너 자신감이 아주 대단하구나? 나와 일 대 일로 붙어도 이길 수 있다는 말로 들린다?"

"제 입으로 이런 말 하는 게 조금 그런데요. 이래 봬도 제가 세이모어 가문의 차남입니다. 우리는 기기도 전에 검 잡는 법부터 배우는 집안이라고요. 남들하고는 태생부터가 다르다고 생각하면 될 겁니다."

"어, 알아. 나도 며칠 전부터 거기 집안사람이잖아."

"…그렇죠."

라나사와 가족이라는 걸 새삼 다시 자각한 듯 일순 라피 트의 표정이 멍해졌다.

"네 말대로라면 나도 태생부터 다른 인간이라는 건데. 난 너보다 세 살이나 많고, 학부 수석에, 로건이랑 대련이 가능한 유일한 여학생이란 타이틀도 있어. 그런데도 어째 서 넌 내가 너보다 약하다고만 여기는 걸까? 이쯤 되면 막 의문이 들어야 하지 않나?"

"……."

라나사가 구구절절 옳은 말만 해 대니 라피트는 꿀 먹은 벙어리가 될 수밖에 없었다.

"내가 순흑빛 오러를 발현했다는 건 알고 있는 거지?"

"수, 순흑빛 오러요? 선배가 정말 그걸 했다고요? 벌써 요?"

"그게 세이모어가의 직계 표식이라며. 그거 아니었으면 난 아직도 내 친부가 누구인지도 몰랐을걸?"

라피트는 그런 세세한 부분까지는 전해 듣지 못했다. 녀석이 얼마나 놀랐던지 황금색 눈동자가 튀어나올 듯 커졌다.

"어떡할래? 지금 연무장으로 가서 서열 정리 제대로 해볼까?"

"…됐어요! 그딴 건 인제 와 해서 뭐 해!"

라피트가 짜증을 왈칵 내더니 갑자기 침대에 벌러덩 누워 버렸다.

첫사랑도 실패하고, 그 첫사랑에게 서열까지 밀리고. 뭐가 이렇게 내 맘대로 되는 게 하나도 없냐!

정말이지 딱 죽고 싶은 심정이었다.

"야, 너 안 일어나? 밥 먹으러 가자니까!"

라나사의 쩌렁쩌렁한 목소리가 수차례 이어졌지만, 라피트는 이불까지 뒤집어쓰고 발버둥만 쳐 댔다.

3.

라피트는 결국 라나사를 이기지 못했다.

이불을 덮어쓴 채로 맹렬히 발차기를 해 가며 거부 의사를 표했지만, 라나사의 고집은 대단했다. 그녀는 끝끝내 라피트를 굴복시켰고, 바율과 함께 저녁 식사를 위해 식당에 들어섰다.

그들 셋이 등장하자 시끌시끌하던 실내가 일시에 고요해졌다. 라나사로 인해 식음을 전폐하고 있던 라피트가 수일 만에 모습을 드러냈으니 그럴 만도 했다. 더욱이 혼자도 아니고 첫사랑, 아니 이제는 사촌 누나가 된 라나사와 같이.

잠시 조용해졌던 식당 안이 금세 소란스럽게 변했다. 무슨 얘기들을 나누고 있을지 뻔했지만, 그걸 걱정했다면 애초에 이러고 오지도 않았을 것이다.

어차피 일은 벌어졌고, 소문이란 건 본디 잠잠해지는 데 시간이 필요한 법이었다.

"저기로 가자."

빈 탁자를 발견한 라나사가 턱짓하고는 앞장섰다. 아이들의 고개가 그들의 움직임에 따라 자연스럽게 돌아갔다.

"뭔데? 내 얼굴에 뭐 묻었어? 왜 자꾸 꼬나보는데?"

안 그래도 억지로 끌려와서 심사가 뒤틀려있던 라피트였다. 녀석은 식당을 가로지르는 동안 누군가와 눈길이 마주칠 때마다 눈알을 희번덕거리며 싸움닭처럼 굴었다.

어려서부터 어디를 가든 남들 눈에 띄는 타입이긴 했지만, 스캔들의 주인공이 된 것은 처음이었다. 지금처럼 불쾌한 시선을 두고 볼 만큼 라피트는 그리 좋은 성격이 아니었다.

"야, 너! 뭘 봐? 사람 처음 봐?"

라피트가 뭐라고 떠들건 라나사와 바율은 그저 한숨을 내쉬며 자리에 앉았다.

입은 걸어도 잘 따라오던 라피트가 식판을 내려놓으려다 말고 획 돌아선 것은 그때였다.

"이것들이 보자 보자 하니까 사람 얼굴에 대고 아주 지랄을 해 대네."

라피트가 길쭉한 다리로 웬 남학생이 앉은 곳을 향해 성큼성큼 걸어가더니 식판을 소리 나게 쾅 내려놓았다. 그 탓에 음식이 사방으로 튀었지만, 그걸 신경 쓰는 아이는 아무도 없었다.

"너, 이름이 뭐냐?"

라피트가 탁자 모서리를 양손으로 짚은 채 허리를 숙이며 다짜고짜 물었다. 녀석의 사나운 기세 때문인지, 그도 아니면 아이들의 관심이 쏠린 탓인지 남학생의 얼굴이 순식간에 벌게졌다.

"뭐야. 좀 전까지 입만 잘 놀리더니 그새 벙어리가 되셨나?"

"…이거 안 보여?"

갑작스러운 사태에 다소 당황하긴 했지만, 남학생은 이내 정신을 챙기며 자신의 엠블럼을 가리켰다.

그의 엠블럼 색은 파랑. 즉 3학년이란 뜻이었다. 이제 1학년인 라피트와는 무려 2년이나 차이 나는, 대선배라고도 할 수 있었다.

하지만 라피트가 괜히 또라이라고 불리는 게 아니었다. 다 그만한 이유가 있었다.

라피트는 파랑색 엠블럼을 보고도 기죽기는커녕 외려 비죽거렸다.

"그게 뭐?"

"네가 1학년이라서 아직 잘 모르나 본데, 내가 선배라고."

"그러니까 그게 뭐? 내가 언제 너한테 그거 물어봤어?"

"뭐, 뭐야?"

선배임을 손수 나서 알려 줬음에도 라피트의 태도에는 전혀 변화가 없었다. 상대가 상식이 통하지 않는 또라이란 사실을 그는 모르는 것 같았다.

"내가 이름이 뭐냐고 물었잖아. 귓구멍 막혔어?"

"에드워드…… 그만 가자."

무언가 내심 찔리는 구석이 있는지, 남학생의 옆에 앉아 있던 친구가 상대하지 말고 가자는 듯 그의 팔을 잡아끌었다.

그러나 에드워드는 3학년이었다. 벌써 구경거리가 되었는데, 이렇게는 못 간다. 그런 그의 눈에도 서서히 분노가 차오르고 있었다.

"아! 이름이 에드워드셨군요, 선배님."

엄청나게 큰 깨달음이라도 얻은 양, 라피트가 고개를 과장되게 끄덕거렸다. 일부러 그러는 건지 뭔지 갑자기 말도 높였다.

"근데 내가 물은 건 풀 네임인데. 선배님, 혹시 평민이세요?"

라피트는 부러 평민이란 단어에 힘을 실었다. 누가 봐도 평민 같아 보이지 않는 태도와 말투였기에 굳이 그리 물은 게 명백했다. 자신이 귀족이라는 것에 자부심이 강한 이일수록 기분 나빠할 게 분명하니까.

그러자 에드워드는 라피트의 예상을 빗나가지 않고, 참을 수 없다는 듯 된소리로 받아쳤다.

"에겐의 마렐리 자작가다! 1학년 주제에 감히 3학년인 내게 이런 무례를 범해? 이건 바로 징계 대상감이야!"

"무례는 선배님이 먼저 범했죠. 라나사 누나가 보육원에서 자란 게 누나 잘못입니까? 힘들게 살다가 이제 겨우 진짜 가족을 찾은 후배에게, 좀 전에 뭐라고 했어요? 친자가 아닐지도 모른다고요?"

"내, 내가 언제……!"

라피트의 목소리가 워낙 컸기에 모두가 들었다. 대부분 라나사에 대해 떠들긴 했어도, 그 정도로까지 선을 넘지는 않았다. 그랬기에 다들 깜짝 놀라며 쑥덕거렸다.

"보육원 같은 데서 살다 온 애를 뭘 믿고 받아들였는지 모르겠다면서요. 내가 전부 들었는데? 거기, 옆에 선배님. 누구신지 모르겠지만, 선배님도 들었죠?"

조금 전 에드워드를 말리며 가자고 했던 남학생에게 라피트가 돌발 질문을 날렸다. 그는 얼굴이 하얗다 못해 파랗게 질려서는 답하지 못했다. 라피트도 답을 바라고 물은 건 아니었다.

"제가 무례한 행동으로 아카데미에서 징계를 받는다면, 선배님은 감히 세이모어가의 직계 자손을 모욕했으니 재판을 받아야 할 것 같은데요. 아닙니까?"

라피트에게서 일순 무시무시한 살기가 쏘아졌다. 녀석이 상대가 3학년이라는 걸 알고서도 참지 못한 건 이래서였다.

기실 작금의 표현도 라나사가 듣고 있기에 그나마 순화한 것이었다. 더 정확하게는 보육원에서 어떻게 몸을 굴렸을지도 모르는 아이를 어떻게 믿느냐는, 그야말로 개소리였다.

"씨발, 어디다 대고."

다시 생각해도 열이 뻗쳤다. 방금까지의 목소리와 비교하면 상대적으로 낮은 톤이었지만, 코앞의 에드워드에게 들리기엔 충분했다. 원색적인 그 욕에 담긴 분노를 읽고 에드워드는 저도 모르게 꿀꺽 침을 삼켰다.

"거기다, 감히 내 아버지가 한심하다고도 하셨죠? 한 가문의 수장이 너무 경솔하게 구는 것 아니냐고. 와, 그런 말을 듣고도 아들인 제가 눈이 안 돌면 그것보다 큰 불효가 어디 있겠습니까? 안 그래요, 선배님?"

"이, 이봐. 나는 결코 그런 의도로……."

에드워드는 어떻게든 이 위기를 넘겨야 했다. 친구에게만 작게 속삭였을 뿐인데, 대체 그걸 어떻게 들었는지 모르겠다. 이럴 땐 잡아떼는 게 최선이었다.

"무슨 일이야?"

그때, 이 순간 되도록 마주치지 않았으면 참으로 좋았을 존재가 그들 사이로 끼어들었다. 바로 라피트의 형이자, 세이모어가의 장남인 로건이었다.

그 역시 에드워드보다는 한 학년 아래인 후배였지만, 화려한 배경은 말할 것도 없거니와, 풍기는 분위기 자체가 사람을 압도시키는 그런 게 있었다.

"뭐가 이렇게 시끄러운 건데?"

로건의 뒤로 에이단과 일라이, 퀸이 나란히 걸어오는 게 보였다. 슈빅의 말마따나 단체로 어딘가에 다녀오기라도 한 모양새였다.

"형, 마침 잘 왔다."

라피트는 사고를 치기 일쑤였고, 그렇기에 로건을 보면 도망을 치면 쳤지 반기는 녀석이 아니었다. 그걸 다 아는 친구들인지라 현 상황이 의아스러웠다.

"글쎄, 이 자식이…… 아니, 이 선배님이 말이지. 우리가 지나가는데 뭐라고 했냐면……."

라피트의 설명이 길어질수록 에드워드는 사색이 되어 갔고, 로건의 얼굴에선 표정이 지워졌다.

"진짜야?"

"정말 그랬어?"

에이단과 일라이의 물음에 바율은 말없이 고개를 주억였다. 라피트가 나서지 않았다면 그가 나섰을지 몰랐다. 일전의 승마 수업 때처럼 실내에 비를 내리진 못하겠지만, 못들은 척 참고 넘기기엔 그 무례함이 지나쳤다.

"라나사, 너도 들었어?"

"응."

"근데 왜 여기 가만히 있어?"

라나사 성격에 옥수수를 털어도 진즉에 털었어야 했다. 한데 그녀는 그저 얌전히 앉아만 있었다.

"그걸 뭐 하러 묻냐? 라피트가 저렇게 열렬히 대신 싸워 주고 있으니까 그렇지."

"아, 하긴. 이제 로건까지 합세했으니 게임 끝이네."

"라나사, 너 든든하겠다?"

"훗. 그러네."

이전엔 미처 몰랐다. 누군가 자신을 위해 대신 싸워 준다는 게 이토록 가슴 뜨거운 일일 줄은. 아실은 내성적인 편이라서 싸울 일이 생기면 오히려 라나사가 해결해야만 했다.

얼음 여신답게 라나사의 표정은 처음과 다를 바 없었지만, 자세히 보면 눈가에 미미한 균열이 일어나고 있었다.

"에드워드 선배님."

로건의 묵직한 음성이 식당을 울렸다. 언젠가부터 식당 안엔 괴괴한 적막이 내려앉아 있었다.

"우선 라피트가 무례한 게 군 점에 대해선 사과드립니다. 녀석이 아직 앞뒤 분간 못하는 철부지라서 가르쳐야 할 게 많습니다."

"아니…… 그런 건 전혀 없었어. 나야말로 오해를 샀으니 미안하지……."

마주한 로건의 눈빛은 무슨 생각을 하는지 알 수 없을 정도로 가라앉아 있었다. 자신을 들여다보는 깊은 눈동자에 에드워드는 뒷덜미가 바짝 죄어들어 가는 기분이었다.

"오해요?"

"으응, 나는 라나사가 그냥 좀 딱해서……."

"딱해서라."

로건은 그 말을 조용히 곱씹었다.

"보육원에서 지낸 걸 딱하다 여기면 그런 망상을 할 수도 있는 것이로군요."

"마, 망상?"

"선배님의 망상이 아니라면, 혹시 마렐리 자작님께서 그리 말씀하셨습니까? 이번 축제 때 오셨던 걸로 알고 있습니다만."

"아, 아니! 아버지께선 절대로 그런 말씀 같은 건 하신 적 없어! 로건, 믿어 줘!"

에드워드는 펄쩍 뛰며 황급히 부정했다.

"그렇습니까? 그렇다면 더 이상하군요. 제 아버님의 자질까지 거론하면서 라나사가 세이모어가의 딸이 아니라고 음해하는 또 다른 세력이 있다는 뜻이질 않습니까."

"음해라니…… 무슨 그런……."

"20년 만에 찾은 조카딸에 대한 사랑이 벌써부터 지극하신 아버님께서 이 소식을 전해 들으시면 굉장히 노하시겠습니다. 만월 기사단에 계신 숙부님께선 뭐라 하실지도 걱정이군요. 그러잖아도 보스트리지 남작 일로 속이 시끄러우신 분들인데."

"저, 저기 말이야……."

"남부의 에겐은 소금 산지로 유명한 도시이지요?"

갑작스러운 화제 전환에 에드워드의 시선이 불안하게 흔들렸다.

"아마도 화가 많이 나신 아버님께서 거래를 중단하실지도 모르겠습니다. 근거 없는 소문을 퍼뜨리시는 걸 혐오하시는 분이거든요."

로건은 거래를 운운하며 자기는 잘 모르겠다는 뉘앙스를 풍겼지만, 귀족가에서 태어나고 자란 에드워드는 그 말에 담긴 의미를 알아차리지 못할 만큼 멍청하지 않았다.

장난삼아 입을 가볍게 놀린 대가가 너무 컸다. 세이모어 가문과의 거래가 끊기면, 그의 가문은 매출의 상당 부분을 차지하는 거물 고객을 놓치는 것이었다.

망연자실하는 에드워드에게 로건은 한마디를 더하고 돌아섰다.

"함부로 동정하지 마십시오. 세이모어가는 마렐리가에게 동정받을 만큼 나약하지 않습니다."

그의 마지막 말은 에드워드에게 내뱉는 듯했지만, 동시에 모두를 향해 있었다. 앞으로 라나사에 대해 이상한 소리를 떠들 시 결코 그냥 두고 보지 않겠다는 일종의 경고였다.

"으으, 무서운 형제들."

에드워드의 망언으로 멈춰졌던 식사가 다시 시작되었다. 에이단은 마치 라나사를 보호하듯 그녀를 사이에 두고 양옆에 앉은 로건과 라피트를 보며 혀를 내둘렀다.

"말 몇 마디로 사람 하나를 아주 아작 냈네, 아작 냈어."

"먼저 건드린 건 저쪽이거든요?"

"그건 인정. 저 선배, 그렇게 안 봤는데 완전 별로다."

나름 안면이 있었던지 에이단은 실망스러운 표정이었다.

"근데 너희들 어디 갔다가 이제 오는 거야? 슈빅이 한참 찾았다던데."

바율이 묻자 에이단이 손가락으로 도서관 방향을 가리켰다.

"난 일했지. 축제 기간 동안 도서관 일이 엄청나게 밀려 있었거든."

"라이는?"

"이사장 만나고 왔어."

"이사장님을? 왜?"

"몰라. 괜히 불러서는 쓸데없는 것만 물어 대고. 만년필은 갑자기 왜 찾는 건데? 암튼 짜증 나는 인간이야."

그래서 얼굴이 그렇게 부어 있던 거구나.

"난 수영 좀 했어. 피부가 좀 거칠어진 느낌이라."

인어족인 퀸은 가끔 성 지하와 이어진 수로에서 수영을 즐기곤 했다. 수위가 깊고 물살이 센 곳이지만, 그에게는 아무런 방해도 되지 않았다.

"식당에 같이 왔기에 어디 모여 있다 온 줄 알았는데 아니었구나. 그럼 로건은 혹시 공부하고 있었어?"

"아니. 그냥 낮잠."

오늘 저녁 메뉴는 새우와 고기를 함께 볶은 요리였다. 그들이 시시껄렁한 이야기를 주고받는 동안, 열심히 새우를 골라내고 있던 로건은 문득 자신에게로 내밀어진 식판을 발견하고 고개를 들었다.

"이거로 먹어."

라나사가 건넨 건 새우를 이미 다 골라낸 상태였다.

"아니야, 굳이……."

로건은 그럴 필요 없다고 거절하려 했지만, 이미 그의 식판은 라나사의 앞에 놓여 있었다.

"조금 전엔 고마웠어."

그렇게 말하며 라나사는 남은 새우를 다시금 라피트의

식판으로 옮겨 주었다.

"라피트 너도."

"뭘 이 정도 가지고 그래요. 가족끼리 당연한 거지."

라피트는 어깨를 한번 으쓱이고는 새우를 한 움큼 입으로 가져갔다. 왠지 오늘따라 식사가 평소보다 맛있게 느껴졌다.

다들 아무 말 안 했지만, 세이모어가의 삼 남매를 보는 눈들이 비스듬하니 내려가 있었다.

Chapter 6.
신전의 초대

1.

지난번 식당을 들썩였던 로건의 경고가 먹힌 듯, 라나사를 향한 숙덕거림은 이제 거의 사라졌다. 그녀가 지나갈 때마다 주변의 시선이 따라붙긴 했지만, 그건 이전부터 있어왔던 일이었다.

아카데미엔 여전히 라나사를 연모하는 이들이 많았고, 세이모어 백작의 조카라는 수식어는 그녀를 더욱 돋보이게 할지언정 흠이 될 수는 없었다.

지금만 해도 그랬다.

홀에 모여 있는 대부분의 남학생들이 라나사와 손을 잡을 기회만 노리고 있었다. 평소라면 꿈도 꾸지 못했을 일을 바라는 게 가능해진 건, 지금이 교양 과목 중 하나인 예절 학습 시간이기 때문이었다.

더욱이 오늘의 주제는 춤이었다. 그중에서도 남녀가 마주 보고 상대를 바꿔 가면서 추는 콘트라 댄스가 주 과제였다.

담당 교수인 스톤 여사는 옷깃 하나가 접힌 것도 용납하지 못할 만큼 깐깐한 성격을 지닌, 지독한 완벽주의자였다.

그녀는 학생들이 올바른 사교 문화를 배워야 한다며 캐링스턴에서 제일 잘나가는 악단을 직접 섭외했다. 그리고는 교수들에게 양해를 구해 2학년 전체가 토요일 오전 내내 자신의 수업에 참여하도록 만들었다.

악단을 초빙하는 데 들어간 금액이 만만치 않은 까닭도 있었지만, 제대로 된 분위기 속에서 춤을 익혀야 한다는 나름의 신념을 지키기 위해서였다.

솔직히 바율은 왜 굳이 따로 시간까지 내서 춤을 배워야 하는지 의문이었다. 춤이란 파티에 참석해서 자연스럽게 눈으로 보고 익히는 거라고 생각해 왔기 때문이다.

그러나 기실 사교댄스라는 것은 매우 중요했다. 특히 갓 성인이 된 남녀가 사교 무대에 데뷔를 할 경우 통과의례가 있는데, 반드시 춤을 추어야 한다는 것이었다. 그리고 일반적으로 그때의 춤 실력에 따라 첫인상이 결정되고는 했다.

이성의 주목을 받길 원치 않는 사람이라면 모를까, 많은 귀족들이 사비를 들여 가며 춤 선생을 모시는 데는 다 이러한 사정이 있었다.

꽤 긴 시간 지속되었던 악단의 흥겨운 연주가 멈췄다.

"자, 다음 조 바로 시작한다! 스텝도 중요하지만, 팔 동작, 시선 처리, 상대와의 간격 등 전부 허투루 해서는 안 된다는 것 명심해라!"

스톤 교수의 카랑카랑한 음성이 그치자 다시금 연주가 홀에 울려 퍼졌다. 아카데미 최고 인기남인 로건과 일라이, 그리고 라나사가 속한 조였다.

"저 조 애들은 뭘 저렇게까지 열심히 한대? 열정들이 무척이나 대단하시네."

슈빅이 불만과 불신이 가득한 눈빛으로 춤추는 동기들을 쳐다보며 입술을 삐죽거렸다. 그에 에이단이 장난스럽게 받아쳤다.

"왜, 너도 저기 끼고 싶냐?"

"아니! 내가 미쳤냐?"

"강한 부정은 긍정이라고 하던데."

"야, 나는 돈을 준다고 해도 싫어! 무슨 그딴 심한 말을!"

슈빅은 다신 그런 소리 하지 말라는 듯 꽥 소리쳤다.

"허 참, 저 조에 들어가는 게 그렇게까지 펄쩍 뛸 일이야? 그럼 왜 빈정거린 건데?"

"빈정거렸다기보다, 여자애들 얼굴 좀 봐라. 우리 조 애들이랑은 표정부터가 다르다니까?"

"그거야 라이랑 로건 때문이겠지. 쟤들 원래 인기 많잖아. 그게 뭐 새삼스럽다고."

바율은 고개를 끄덕이며 에이단의 발언에 공감했다.

원래도 춤을 잘 추는 일라이는 물 만난 고기처럼 신나서 아주 일대를 휘젓고 있었다. 그런 한편 로건은 무뚝뚝한 표정을 짓고 있긴 했지만, 박자 한 번 놓치지 않고 꽤 근사한 몸놀림을 선보이고 있었다.

"난 그게 꼴 보기 싫은 거지! 너무 사람을 대놓고 차별하잖아."

"차별은 자기도 하면서. 너도 방금 전에 돈 줘도 저 조에는 들어가기 싫댔잖아."

"나야…… 라나사가 있으니까 그렇지."

"으잉? 라나사가 왜?"

바율과 친구들을 제외한 거의 모든 남학생들이 라나사와 춤추기를 원했다. 당연히 슈빅도 꼭 그래야 한다는 건 아니지만, 이렇게 질색하는 것도 이상하긴 했다.

"나는 말이지."

돌연 슈빅이 목소리를 깔았다. 꼭 누가 듣기라도 할까 봐 두려운 듯 주위를 살피기까지 했다.

"…무서워."

"무섭다니? 뭐가?"

"설마 라나사가?"

팔짱을 낀 채 벽에 기대어 서 있던 퀸이 슈빅을 보며 픽 웃었다.

바율과 에이단은 언뜻 이해가 안 간다는 듯 똑같이 머리를 기울였다. 라나사가 그리 쉬운 성격이 아닌 것은 그들도 인정하나, 슈빅은 진심으로 겁먹은 기색이었다.

"너희, 나한테 예지력 있는 거 모르지?"

"뭐가 있어?"

사람을 혼란스럽게 해놓곤 갑자기 해괴한 소리를 늘어놓자 에이단이 인상을 와락 찡그렸다. 그러거나 말거나 슈빅은 매우 중요한 비밀이라도 털어놓듯 속닥였다.

"내가 가끔 앞일을 예측할 때가 있거든."

"근데."

"언젠가 한 번은 된통 맞을 거 같아."

"…맞는다고?"

"어. 졸업 전에 분명 라나사한테 맞아서 어디 한군데 부러질 것 같다니까?"

슈빅의 말투가 하도 진지해서 바율과 에이단은 정말로 녀석에게 예지력이 있다고 믿을 뻔했다.

하지만 이건 조금만 뒤집어 생각해 보면 일종의 방어 기제라는 걸 금방 알아챌 수 있었다. 슈빅이 워낙 촐싹거리는 성질을 가졌으니 라나사에게 잘못 걸리기라도 하면 그럴 소지가 다분했기 때문이다. 지금까지 위기가 없었던 것도 아니었다.

"너, 그렇게 덜떨어진 녀석은 아니었구나? 본능적인 감이란 게 있긴 하네."

에이단이 대견하다는 양 슈빅의 어깨를 두드렸다.

"올해도 낙제는 면하겠어."

"뭐야? 에이단, 너 말 다 했냐? 낙제라니! 내가 낙제를 왜 당해!"

"그야 승마 실력이 형편없으니까?"

"……!"

슈빅의 최대 약점을 에이단이 콕 찍어대자 녀석이 석상처럼 굳어서는 말도 않고 눈알만 치켜떴다. 당장 절교라고 선언이라도 할 기세였다.

그러나 에이단에겐 슈빅을 회유할 비장의 수가 있었다.

"내가 좀 도와주랴?"

"…네가?"

심통이 난 눈빛은 여전했으나 녀석은 이미 흔들리고 있었다.

"나보고 테이밍 전사라며. 아카데미에서 나보다 승마 실력이 나은 사람은 아마 없을걸?"

"그건 그렇지! 승마는 로건도 라나사도 너한테는 안 되지. 어디 비교가 가당키나 해?"

이 자리에 둘이 없다는 게 다행이었다. 슈빅은 어느새 완전히 넘어와서는 에이단이 가장 듣고 싶은 말만 쏙쏙 내뱉었다.

"이제 와서 하는 말이지만, 기사학부 진짜 에이스는 에이단 너지. 넌 우리보다 나이도 한 살이나 어리잖아. 그런데 매번 수석을 차지하고. 난 네가 진정한 일등이라고 생각해."

슈빅의 빠른 태세 전환에 바율과 퀸은 몰래 웃다가 허공에서 눈이 마주쳤다.

에이단은 승부욕이 강한 편이었고, 늘 로건과 라나사를 이겨 먹고 싶어서 안달이 나 있었다. 슈빅이 그걸 알고 그러는 건지 어쩐 건지는 모르겠다만, 우쭐대는 에이단의 모습도 바율과 퀸에게는 웃음 포인트였다.

"저기……."

그때 뒤에서 누군가 말을 걸어왔다.

무심코 돌아본 바율의 눈에 가장 먼저 들어온 건 고불고 불하게 말린 붉은색 머리칼이었다. 숱 많은 빨간색 곱슬머 리가 엉덩이 부근까지 길게 늘어져 있었다. 하얀 얼굴에 연 한 갈색 빛깔의 눈, 콧잔등에는 주근깨가 박힌 귀여운 인상 의 소녀였다.

　"혹시 나 부른 거니?"

　소녀는 시선을 내리깔고 있었다. 그래서 바율은 그녀가 자신에게 말을 건 것인지 아닌지 헷갈렸다.

　"에피, 무슨 일이야?"

　다행스러운 건 슈빅이 그녀를 알아보고 성큼 다가왔다.

　"아, 너희들은 모를 수도 있겠다. 얘가 엄청 조용조용한 성격이라. 이름은 에피프리나 젠 아르하드. 마법학부생이 야."

　"아, 그래? 반가워, 에피."

　같은 학년인데도 마주친 적이 한 번도 없었는지 바율의 기억 속에는 전혀 없는 아이였다. 일면식도 없는 그녀가 자 신을 왜 찾아왔을까. 의아하기는 옆의 친구들도 마찬가지 였다.

　"저기……."

　에피가 고개를 간신히 들었다. 그러나 말을 바로 꺼내진 못하고 애꿎은 입술만 잘근잘근 깨물었다.

"편하게 얘기해. 괜찮아."

뭐 때문인지는 몰라도 에피는 좌불안석이었다. 바율은 안심하라는 듯 부러 미소를 지어 보였다. 그러자 용기가 생겼는지 에피가 조심스럽게 물었다.

"오늘…… 수업 끝나고 뭐해?"

"…어?"

생각지도 못했던 질문이라서 바율은 눈이 동그래졌다.

"시간 되면 나랑 같이…… 케이크 먹으러 가지 않을래?"

에피의 눈동자가 갈대처럼 이리저리 흔들렸다. 양 볼은 머리 색만큼이나 붉게 변해 있었다.

바율은 당혹스러웠다. 처음 보는 여자애가 친하지 않은 남자에게 케이크를 먹으러 가자고 말하는 게 뭘 의미하는지 그도 충분히 아는 탓이다.

상대가 마음에 들든 아니든 평소의 바율이라면 우선은 알았다고 답했을 것이다. 그렇지 않으면 당장 울 것 같은 얼굴을 하고 있었기 때문이다.

하지만 애석하게도 바율은 이미 약속이 있는 상태였다.

"아, 어떡하지. 미안하지만 방과 후에 이미 선약이 있어서……."

"그, 그래?"

역시나 에피의 목소리가 가늘게 떨렸다.

"신전에 가 봐야 하거든. 주교님께서 직접 초대를 하신 거라서……."

바율은 행여 자신이 거짓말을 하는 거라고 믿을까 봐 얼른 덧붙였다.

핑계가 아니라 진짜 사실이었다. 일전의 일로 바율과 리타에게 어떻게든 감사 인사를 하고 싶다며 신전에서 계속 졸라 대는 바람에 어쩔 수 없이 만남을 수락했고, 하필 그게 오늘이었다.

"케이크는 다음에 먹자. 정말 미안해."

"아니야. 미안은 무슨. 나야말로 갑자기 찾아와서 미안한걸…… 그럼 가 볼게."

에피는 급기야 귀까지 벌게져서는 순식간에 바율의 눈앞에서 사라졌다.

"헐! 완전 헐이다!"

슈빅은 얼빠진 표정으로 에피가 간 곳을 멀거니 응시했다.

"저렇게 숫기 없는 애가 먼저 데이트 신청을 하다니. 완전 대박."

슈빅은 진심으로 놀란 듯 한동안 입을 다물지도 못했다. 처음 접한 사태에 바율은 물론 에이단과 퀸까지 얼떨떨해서 아무런 말도 나오지 않았다.

"암만 생각해도 인기투표를 다시 해 봐야 할 것 같아."

"…인기투표?"

"어. 저 에피가 저렇게까지 나오는 걸 보니까, 아카데미 최고 인기남이 바뀔 수도 있겠다 싶거든. 지각변동이 일어날 낌새야."

"슈빅, 설마 그게 나라는 건 아니지?"

"아니긴 왜 아니야? 너처럼 요즘 핫한 애가 어디 있다고?"

"내가?"

"최초의 정령사에, 학생 신분으로 작위까지 받고, 심지어 특무 대신이기도 하잖아. 네 나이에 그게 가당키나 하냐?"

제국, 아니 대륙 어디를 가도 없을 만한 경우이긴 했다.

"그게 다가 아니지. 곱상한 얼굴에, 무려 란데르트 공작 전하의 아들이자, 동시에 유일한 후계자잖아. 와, 말하다 보니 새삼 장난 아니네. 바율!"

갑자기 슈빅이 바율의 양손을 덥석 잡았다.

"한 번 친구는 영원한 친구다. 알지?"

"…왜 그래?"

"너 나중에 커서도 나 모른 척하고 그러면 안 된다? 내가 너랑 같은 아카데미 다니고, 친한 친구였다고 말하고 다녀도 되지?"

"그런 걸 뭐 하러 물어봐. 당연하잖아."

"크흑! 역시, 바율 넌 너무 착해!"

슈빅이 감동해서는 바율을 와락 껴안았다. 퀸과 에이단이 그런 녀석을 보며 어이없다는 듯 고개를 저었지만, 슈빅은 벅찬 감격에 젖어 그런 건 눈에 들어오지도 않았다.

"얘 왜 이러냐?"

그사이 다음 조로 넘어갔는지 로건과 일라이가 돌아왔다.

에이단이 키득거리며 조금 전의 상황을 전달하자 둘이 '어디, 어디' 하며 에피를 찾아 주변을 휘둘러보았다. 그러나 어디에서도 그녀를 볼 수 없었다.

"저기, 슈빅. 이제 그만 좀 놔주지 않을래?"

바율은 숨이 막힐 지경이었다. 그가 곤란해하며 슈빅을 떨어뜨리려고 했지만, 녀석은 의외로 힘이 셌다.

"아아! 아파, 퀸!"

결국 보다 못한 퀸이 슈빅의 손목을 꺾어 녀석을 바율에게서 떼어 냈다. 그러곤 당분간 접근 금지라는 듯 차디찬 눈빛으로 슈빅을 쏘아봤다.

라나사가 아니라 퀸에 의해 먼저 어디 한군데 부러지는 건 아닐까.

바율은 순간 괜히 그런 혼자만의 생각에 빠졌다.

2.

남은 수업 시간 내내 바율은 친구들의 놀림 아닌 놀림 속에서 보내야 했다. 에피의 등장은 그만큼 바율에게나 친구들에게나 예상 밖의 일이었다.

주변이 악단의 연주와 학생들의 스텝 밟는 소리로 시끌벅적해서 다행이었지, 아니었으면 벌써 소문이 쫙 퍼지고도 남았을 것이다.

"슈빅, 너 진짜로 말 퍼뜨리면 안 돼."

바율은 슈빅과 헤어지기 직전에 다시 한번 녀석에게 단단히 주의를 주었다. 그건 자신보다는 에피를 위해서였다.

그녀는 거절당한 충격 때문인지 수업이 끝날 때까지 홀에 다시 나타나지 않았다.

그래서 바율은 더 마음이 쓰였다. 생전 처음 여자에게 데이트 신청을 받은 탓에 당황한 나머지, 자신이 너무 단칼에 거절한 것은 아닌지 뒤늦은 후회도 들었다.

눈도 잘 마주치지 못할 정도로 심성이 여려 보였는데, 의도치 않게 상처를 준 것 같아서 심란하기도 했다.

"슈빅 저 자식이 약속을 지키려나?"

어째 서둘러서 홀 밖으로 뛰어나가는 모양새가 수상했다. 주말이니 아카데미 밖으로 빨리 빠져나가고 싶은 심경을 이해하면서도, 작금의 상황이 여러모로 의심을 불러일으켰다.

"슈빅이 촉새 같긴 해도 분별력이 아주 없진 않잖아. 이게 소문나면 바율이 저를 미워할지도 모르는데, 설마 떠들어 대기야 하겠어?"

"하긴."

조금 전 바율을 끌어안고 추태를 부리던 녀석의 모습을 떠올린 일라이는 고개를 주억이며 싱겁게 웃었다.

"근데 에피라는 아이, 진짜 궁금하다. 라이, 넌 같은 학부라면서 전혀 모르는 애야?"

"그냥 얼굴만 아는 정도? 그런 애 있잖아, 있는 듯 없는 듯 조용한."

"그런 애가 케이크 먹으러 가자고 먼저 말을 걸었다니. 제 딴에는 엄청난 용기를 발휘했던 거네."

그것이 새삼 대단하다 느껴졌는지 에이단이 연신 감탄을 해 댔다.

"바율, 다음엔 어쩔 거냐?"

"응?"

"처음이 어렵지. 또 말 걸지 않겠어?"

아, 거기까지는 생각해 보지 못했는데.

바율이 안색까지 변하며 곤란한 표정을 짓자 에이단이 더는 참지 못하고 쿡쿡 웃음을 터뜨렸다.

"야, 그만 놀려. 이러다 스트레스로 또 쓰러질라."

"에이, 바율도 이제 이 정도는 끄떡없지. 하늘도 막 날아다니는 애인데."

"그거랑 이거랑 같냐? 얘 얼굴 허옇게 질린 거 보라고."

일라이의 말에 에이단뿐 아니라 친구들의 시선이 일제히 바율에게로 쏠렸다. 퀸의 눈가가 미미하게 찌푸려지는 게 보였다.

좋지 않은 징조였다.

"…난 괜찮아. 다음에 또 물어보면, 그땐 같이 먹으러 가면 되지 뭐."

"데이트 신청을 받아 주겠다고?"

"너 그게 뭘 의미하는지 알기는 해?"

"걔랑 사귈 거야?"

"안 돼, 바율! 넌 너무 순진해서 아직 여자 만나고 그러면 안 된다고!"

바율의 한마디에 오히려 친구들이 아연하며 호들갑을 떨었다.

"아니, 아니. 난 사귄다는 게 아니고, 그냥 케이크만 먹 겠다는 거야. 친구로 지내면 되잖아."

"친구? 에피가 그 말 들으면 퍽이나 좋아하겠다!"

에이단은 바율보다 어리면서 마치 다 큰 어른처럼 한숨 을 짓더니 말했다.

"바율! 에피는 케이크를 먹으면서 너한테 고백이란 걸 할 텐데, 넌 거기다 대고 친구 하자고 할 거냐? 그럴 땐 차 라리 처음부터 그냥 대놓고 거절하는 게 나아. 그래야 쉽게 마음을 접지."

"…친구 하자는 게 나쁜 말은 아니잖아."

바율은 왠지 억울해서 항변했지만, 씨알도 먹히지 않았 다. 이번에는 일라이가 바율의 어깨를 짚더니 조곤조곤 설 명했다.

"바율, 네가 아직 이성을 좋아해 본 경험이 없어서 잘 모 를 거야. 친구로 지내자는 네 말은 에피에게 더 큰 상처가 될 수 있거든."

"상처?"

"응, 일종의 희망 고문 같은 거지."

당최 무슨 말을 하는 건지 알 수 없어 바율이 눈만 끔벅 거리자 퀸이 짜증스러운 말투로 끼어들었다.

"아직 일어나지도 않은 일로 괜히 애 잡지 말고 그만들

해. 바율, 피곤해하는 거 안 보여? 이 녀석, 이제 신전에 가
봐야 한다고."

"신전에? 아까 그냥 하는 말 아니었어?"

에이단은 바율이 에피를 거절하기 위해 지어낸 거라고
생각하고 있었다.

"리타랑 같이 초대받았어. 지난번 일로 받은 충격이 어
마어마하신가 봐."

'지난번 일'이라는 건 굳이 물을 필요도 없었다. 리타가
기적의 치료를 행할 때, 그들 역시 바율 옆에서 같이 목격
했으니까.

"계속 거절했는데 사정을 너무 하셔서 얼굴을 한 번 비
치기는 해야 할 것 같아."

"그러다 리타가 알게 되면 어쩌려고?"

"그건 내가 이미 신신당부해 놨으니까 괜찮을 거야."

이번에 신전에서 리타를 초대하는 것도 봉사 활동에 대
한 고마움을 표시하겠다는 구실이었다.

"지금쯤 신전에 도착해 있을지도 모르겠네."

평소였다면 바율이 저택에 돌아올 시간에 맞춰 열심히
요리를 하고 있었겠지만, 오늘은 신전에서의 볼일을 마치
고 함께 귀가하기로 했다.

"그래? 그럼 얼른 가 봐. 숙녀를 기다리게 해선 안 되지."

"라이는 아르바이트?"

"응. 돈 벌러 간다."

드래곤이라는 신분이 친구들에게 다 들통났음에도 일라이는 꿋꿋하게 설정을 지키는 중이었다.

"로건 넌 이제 누나 데리러 가냐?"

에이단이 다분히 놀리는 투로 물었지만, 로건은 별 반응 없이 고개만 끄덕였다.

가을 축제가 끝난 이후로 라나사는 주말마다 로건과 함께 아카데미를 나섰다. 방학이 되면 바율과 같이 부모님이 계시는 해밀턴으로 가게 되겠지만, 어쨌건 이제 그녀의 소속은 엄연히 세이모어 가문이었기 때문이다.

얼마 전부터는 가문의 비전인 호흡법도 따로 익히고 있다고 들었다.

"그럼 다들 주말 잘 지내고, 월요일에 보자."

바율은 신전으로 방향을 틀며 친구들에게 인사했다. 보통은 수업이 끝난 뒤 각자 교문에서 헤어지는 게 토요일의 일과였기에 혼자만 교내에 남는 기분이 약간 묘했다.

"응?"

부지런히 걸어 신전에 거의 다다랐을 무렵이었다. 바율은 불현듯 뒤통수로부터 날카로운 예기가 느껴져 뒤를 획 돌아보았다.

머리카락이 쭈뼛 솟았다. 그때와 같았기 때문이다. 아카데미에 지진이 나기 전, 자신을 몰래 쫓던 따가운 시선.

당시엔 누군지 짐작조차 하지 못했지만, 지금은 그 시선의 주인이 천족임을 의심하고 있었다.

데스에 의해서 발목이 잘렸다고 그랬지.

하지만 이번에도 눈에 띄는 인물은 없었다. 오늘은 토요일이었고, 대부분의 아이들이 아카데미를 나가느라 정신이 없었다. 신전 주변에도 거의 사람이 없었다.

"어? 싱클레어?"

그러던 바율의 시야에 절룩이며 지나가는 싱클레어가 보였다. 무척 오랜만이라서 바율은 저도 모르게 그를 부르며 달려갔다.

"싱클레어!"

"…아, 바율."

여기서 바율을 만날 거라곤 생각하지 못했는지 싱클레어가 주춤거리며 걸음을 멈췄다.

"슈빅에게 얘기 들었어. 아직도 많이 아픈 거야?"

"으응, 뭐 그렇지."

싱클레어가 자신의 다리를 내려다보며 쓰게 웃었다.

"내가 원체 좀 약골이라 잘 안 낫네. 별로 크게 다친 것도 아닌데."

"신전에서 치료받고 나오는 길인가 보지?"

"응. 효과가 꽤 좋다는 소문이 있길래."

"그랬구나."

바율은 잠시 고민하다가 말했다.

"마침 나도 신전에 가는 길인데, 같이 갈래?"

"…같이?"

"한 번 더 치료받아 보자. 내가 옆에 있어 줄게."

바율 딴에는 리타를 믿고 하는 말이었다. 리타가 곁에 있으면 싱클레어도 금방 똑바로 걸을 수 있을 거라고 그는 확신했다.

"말만이라도 고마워."

하지만 어째선지 싱클레어는 난감한 기색으로 이마를 짚었다.

"근데 어쩌지? 급한 용무가 있어서 지금 가 봐야 하거든. 밖에서 다들 기다리고 있을 거야."

"아, 그래?"

바율이 대단히 안타깝다는 표정을 하자 싱클레어가 미안하다며 사과했다.

"미안. 내가 괜히 걱정시킨 것 같아."

"아니야, 미안하기는. 아! 내가 교문까지 데려다줄게."

절룩이며 걷는 친구를 이대로 모른 척 보낼 수는 없었다.

바율이 자신의 팔이라도 잡으라며 손을 내밀었다.

그러나 싱클레어는 손을 저으며 또다시 극구 사양했다.

"신전에 가야 한다며. 민폐를 끼칠 순 없지."

"너 데려다줄 정도의 시간은 있어."

"절룩이면서 걷는 것도 이젠 익숙해져서 괜찮아. 마음만
받을게."

"…그럼 그럴래?"

상대가 싫다는 데 계속 권하는 것도 실례였다. 바율은 어
쩔 수 없이 알겠다며 인사한 뒤, 멀어지는 싱클레어의 뒷모
습을 말없이 지켜보았다.

"근데 왜 아직도 안 나은 거지?"

보기에는 멀쩡한 게, 뼈가 부러진 것은 아닌 듯했다. 외
상 정도면 신성력 치료로 금방 아무는 게 정상이었다.

"몸이 약하면 치료가 더뎌지던가? 딱히 그런 건 아닐 텐
데……."

고개를 갸웃하며 자문자답하듯 중얼거리던 바율은 이내
어깨를 으쓱였다.

비록 어릴 때부터 신성력 치료를 받긴 했었지만, 자신은
사제가 아니었다. 당연히 신성력에 대해선 아는 바가 거의
없었다.

"아쉽네."

그저 싱클레어가 리타를 만나지 못하고 돌아가는 게 아까울 뿐이었다.

3.

"바율 님! 이제 오십니까!"
"도련님!"
바율이 신전의 주교실로 들어서자 조르지오 주교와 바그너 사제가 바닥에 머리가 닿을 정도로 허리를 깊게 숙이며 예를 표했다.
리타도 함께 있었는데, 어째선지 그녀의 옆에 시커먼 사내 한 명과 그와 대조되는 새하얀 사내가 나란히 앉아 있었다.
명명한 흑백의 조화.
데스와 마황, 두 마족 형제들이었다.
"두 분도 같이 오셨네요."
대낮에, 게다가 이곳은 절망의 신전이었다. 그런 곳에서 저 둘을 보고 불안하지 않으면 그게 더 이상했다.
부디 사고를 치면 안 될 텐데.
바율은 벌써부터 두통이 이는 것 같았지만, 내색하지 않고 빈자리로 가 앉았다. 나머지 마족 셋이 안 온 게 어디냐 생각하며.

"바율 님과 리타 양을 따로 모시고 싶었는데…… 하하, 이 두 분께서 염려가 되신 건지 여기까지 이렇게…… 하하."

조르지오 주교는 웃고 있었지만 웃는 게 아니었다. 바율과 리타를 만나면 하고 싶고 묻고 싶은 말이 얼마나 많았던가. 친화력에 대해선 비밀 엄수를 약속했기 때문에 다른 사람 앞에서는 입도 벙긋할 수 없었다. 물론 그건 리타에게도 마찬가지였지만, 제삼자가 있는 것과 없는 것은 천지 차이였다.

신전의 주교로서 표면상 인자함을 내보이고 있을 뿐, 이 순간 그에게 데스와 마황은 원수와도 같은 존재였다.

"내가 있어서 불만이라는 건가? 말투가 영 거슬리네."

"푸흡!"

삐딱한 데스의 음성에 크루델리스는 그만 웃음을 참지 못했다. 리타가 절망의 신전을 방문한다기에 기껏 따라와 봤더니, 정작 그 신전의 주인이란 놈이 이런 푸대접이나 받고 있다.

마계에서는 상상도 할 수 없는 일이었기에, 그는 진심으로 이 상황이 우습고도 재밌었다. 그리고 그러한 그의 태도는 데스의 자존심을 자극했다.

"이봐."

데스가 시선을 들어 조르지오 주교를 바라봤다. 단순히 그 까만 눈을 마주했을 뿐인데 조르지오 주교는 심장이 서걱 베이는 듯한 느낌을 받았다. 호흡도 잊을 만큼 그의 몸과 의식 전체가 돌처럼 경직되었다.

"저기요, 데스 씨?"

데스가 더 큰 사고를 치기 전에 이 자리에서 내보내는 것이 좋겠다고 바율이 막 생각하던 참이었다. 리타가 답지 않게 방긋 웃으며 데스를 불렀다.

"응? 리타, 왜?"

팽팽하게 당겨졌던 실내 공기가 한순간에 느슨해졌다. 데스가 언제 그랬냐는 듯 눈빛을 흐트러뜨리며 리타를 향해 재빨리 고개를 돌렸다.

그 모습이 방금 전과 어찌나 상반이 되던지, 바율은 데스의 엉덩이에 재스퍼처럼 꼬리라도 달린 줄 알았다.

"여긴 신전이잖아요. 이분께선 주교님이시고요."

"알아, 나도."

설마 내가 내 신도를 몰라보겠어?

데스는 그렇게 대꾸하고 싶은 걸 겨우 참으며 자신의 인내심에 새삼 감탄했다. 감히 주인을 멸시한 대가를 치르게 할 생각이었지만, 차마 리타를 앞에 두고 험한 꼴을 보일

순 없었다.

"근데 말을 그렇게 하세요? 주교님이 얼마나 놀라셨으면 저런 표정을 지으시겠어요."

책망하는 말투에 걸맞지 않게 리타의 입가에는 여전히 미소가 걸려 있었다. 하지만 최소한의 눈치라는 게 있다면 그 미소가 가식이라는 것쯤은 금방 알 수 있었다.

평소 그녀의 성격대로라면 어디 감히 주교님께 그런 결례를 범하느냐며 이미 버럭 소리를 지르고도 남았다.

하나 이곳은 신전이었고, 옆엔 무려 신을 모시는 사제가 있었다. 경건하게 예를 차려야 마땅한 곳이기에 리타는 현재 내숭 아닌 내숭을 시전 중이었다.

"이 두 분이 얼마나 대단하신 분들인지 모르시죠?"

평소에 봉사 활동이란 걸 해 봤어야지.

리타는 비아냥거리고 싶은 마음을 애써 속으로 감추며 차분하게 설명했다.

"데스 씨, 이분들은요. 무려 기적의 치료를 행하신 분들이에요. 다 죽어 가던 환자를 몇 명이나 살려 내신 줄 아세요?"

그때만 떠올리면 리타는 아직도 감동으로 온몸이 부르르 떨렸다. 도움이 필요하다는 바율의 말에 두말없이 팔을 걷어붙이고 열심히 움직였다. 그 덕에 믿기지 않을 만큼 놀라운 장면을 여러 번 목격했다.

아무리 무지한 리타라도 신성력 치료라는 게 상처를 그
토록 빨리 아물게 하지 못한다는 것 정도는 알고 있었다.

그날의 일은 사제들의 드높은 신앙심이 불러일으킨 기적
이었고, 절망의 신이 내린 축복이자 상이었다.

솔직히 전쟁의 신에서 절망의 신으로 갈아탄 것에 내심
찜찜함을 느끼고 있었는데, 그날 이후로는 그런 생각을 싹
지워 버렸다. 앞으론 절망의 신만 성심을 다해 믿겠다고 다
짐까지 했다.

"몬스터 난입이라는 큰 사태에도 사망자가 없었던 건 모
두 주교님과 사제님들 덕분이라고요. 그런데 오히려 봉사
활동에 대한 고마움을 표시하시겠다며 절 초청해 주시다
니. 저는 정말이지, 두 분을 존경하지 않을 수가 없네요."

처음은 데스의 무례함을 꾸짖는 것으로 시작했으나, 끝
은 두 종교인에 대한 추앙으로 마무리했다. 방금 그녀가 말
한 기적의 치료라는 것을 본인이 했다는 걸, 아이러니하게
도 리타만 몰랐다.

"…존경이라니요. 당치도 않습니다, 리타 양!"

"맞습니다. 저희가 한 게 뭐가 있다고……."

리타의 눈에는 사제들을 향한 진심 어린 경애심이 가득
담겨 있었다. 그것을 마주하자 조르지오 주교와 바그너 사

제는 당황하지 않을 수 없었다.

리타가 아무것도 모른다는 걸 알고는 있지만, 정작 그 기적을 행한 당사자가 그들을 그런 눈으로 보니 민망하기 짝이 없었다.

"역시 너무나 훌륭하세요. 이렇게 겸손하기까지 하시다니."

리타는 남의 속도 모르고 고개를 크게 주억이며 선망의 눈빛을 더했다.

아주 웃기고들 있구먼.

세 연놈(?) 간에 오가는 대화를 듣고 있자니 데스는 그저 기가 찼다. 그가 어디까지 계속되나 지켜보겠다는 듯 다리를 꼬고 앉아 입을 비죽거리는데, 리타가 주변을 돌아보며 물었다.

"그런데, 다른 봉사자분들은 안 보이시네요?"

그걸 이제 알았냐?

아무튼 눈치도 더럽게 없지.

리타와 달리 데스는 그녀의 미소에 가려진 협박을 단박에 알아차렸다. 그래서 조용히 이를 사리물고 있는데, 도무지 짜증이 가라앉질 않았다.

사실 리타의 구박에는 워낙 단련이 되어서 이젠 웬만한 일로는 화도 안 난다. 그러나 절망의 신전과 관계된 얘기라면 조금 경우가 달랐다.

막말로 이 모든 게 전부 자신의 힘으로 이루어진 것이 아
닌가.

리타의 엄청난 치료 능력 역시 애초에 그로부터 나온 것
이었다.

'그런데 왜! 내가, 내 신전에서 이딴 취급을 받아야 하는
거냐고!'

요즘 들어서 데스는 가끔 자신의 본색을 확 드러내고 싶
은 충동을 느끼기도 했다. 예전에는 리타가 무서워할 것 같
아서 절대 비밀 엄수를 고집했는데, 보아하니 왠지 자신의
정체를 알게 된들 콧방귀도 끼지 않을 거 같다는 예감이 들
었다.

그래도 그렇게 된다면, 최소한 지금과 같은 상황에서 그
를 무시할 수는 없을 것이다.

왜냐.

자신은 마신이니까.

옆에서 입을 가리고 키득거리는 마황의 뒤통수를 한여름
수박을 가르듯 두 쪽으로 잘라 내고 싶은 충동을 가까스로
억누르며, 데스는 눈을 감았다.

이 또한 지나가리라.

"리타, 그건 나 때문일 거야."

리타의 의문에 사제들이 어물거리며 제대로 답을 못하자, 바율이 나섰다.

"아무래도 내가 있으면 다른 봉사자분들이 불편해하실 수도 있으니까."

"아아, 그럴 수 있죠."

우리 도련님이 어떤 분이신가. 누군가 그에 관해 묻는다면 리타는 바율에 대해 종일이라도 떠들 수 있었다. 그것도 좋은 이야기만.

"헤헤, 도련님 덕분에 제가 이렇게 귀하신 분들을 따로 뵙기도 하고. 저까지 챙겨 주셔서 감사합니다. 봉사 활동이라면 또 할 수 있으니, 앞으로도 필요하면 언제든 불러 주세요."

리타의 야무진 인사에 조르지오 주교와 바그너 사제의 눈에서 동시에 불꽃이 튀겼다. 안 그래도 그 말을 어떻게 꺼내야 하나 노심초사하던 그들이었다.

"리타 양의 마음 씀씀이에 저희야말로 감격스럽습니다. 바율 님을 모시는 것만으로도 벅차실 터인데, 어찌 그런 부분까지 신경을 다 쓰십니까. 참으로 따뜻하십니다."

"두 분께서 하시는 일에 비하면 아무것도 아닌걸요. 도움이 될 수 있다는 것만으로도 전 뿌듯합니다."

"사실 송구스럽게도 근래 신전에 환자가 많이 늘었습니

다. 일전에 신탁이 내린 탓도 있지만, 몬스터 난입 사건 때의 일이 소문나는 바람에 각지에서 병자들이 몰려드는 실정입니다. 손이 많이 부족할 수밖에 없지요."

"어머, 그랬군요!"

리타는 몰랐지만, 그녀 덕에 절망의 신의 위상은 하루가 다르게 높아져 가고 있었다. 신도 수가 빠른 속도로 증가하는 것은 물론, 신전에 들어오는 헌금의 액수 역시 전과는 비교 자체가 안 되는 수준이었다.

신전의 명성이 오르는 건 절망의 신을 모시는 사제로서는 대단히 기쁜 일이었다. 하지만 그럴수록 그에 부응도 해야 하는 법이다. 때문에 그들에겐 리타의 봉사 활동이 절실했다.

"리타 양이 도와주신다면 아주 큰 힘이 될 것 같습니다."

큰 힘이 되다 뿐인가.

제국에서 가장 막강한 신전으로 발돋움을 하고도 남을 판이었다.

"음, 근데 제가 주말에는 도련님을 보필해야 하거든요. 여러 가지로 챙겨 드릴 게 많아서요."

"아, 네. 물론 그러시겠지요."

"그치만 평일에는 시간을 낼 수 있을 거예요. 도련님, 그래도 되죠?"

리타는 우선 바율에게 먼저 허락을 구했다. 바율은 당연히 '그럼, 괜찮지'라고 말하려고 했지만, 별안간 맞은편에서 쏘아 대는 무시무시한 살기에 멈칫할 수밖에 없었다.

데스의 얼굴은 뭘 잘못 먹기라도 한 듯 자못 심각했다. 그건 마황 역시 마찬가지였다.

갑자기 실내 온도가 영하로 뚝 떨어지기라도 한 것처럼 으스스 한기가 느껴졌다.

'밥 때문이구나.'

바율은 바로 원인을 알아차렸다. 두 마족 형제가 똑같이 예민하게 굴 때는 항상 같은 이유였다.

리타가 한 음식을 먹지 못하는 것.

리타가 봉사 활동을 위해 신전을 방문한다면 그만큼 요리할 시간이 부족해질 테고, 그것은 곧 그들의 식생활에 커다란 문제를 야기할 것이다. 그리고 그건 곧 주변 인물들의 생활에도 영향을 끼친다는 것을 의미했다.

한 끼만 걸러도 까칠해지는 그들이 언제 어떻게 흥분할지 모르는 까닭이다.

지금도 리타가 조용히 있으라는 경고를 했기에 이 정도인 거지, 그녀가 아니었다면 벌써 날뛰고도 남았다.

이럴 땐 리타를 설득해야 했다.

"리타. 평일 내내 봉사 활동을 하는 건 조금 무리가 아닐까? 저택 일도 많이 힘들 텐데."

"아, 그건 괜찮아요. 데스 씨 동생들이 얼마나 빠릿빠릿한데요. 처음엔 그렇게 속을 썩이더니, 이제는 완전 알아서 척척 이라니까요? 그래서 제가 많이 편해졌죠."

음식 재료 손질은 물론이고, 틈날 때마다 저택의 구석구석을 쓸고 닦아 대니 이제는 아주 곳곳이 광이 날 정도였다. 우편물을 안 챙기는 실수도 완전히 사라졌으며, 매사 기민하게 리타의 기분을 살피니 불만이란 게 어느새 쏙 사라졌다.

그런 와중에도 아쉬운 점을 딱 하나 꼽으라면 아몬의 정원사로서의 미적 감각인데, 그것도 요즘은 셰임이 다 알아서 하기 때문에 굳이 문제라고 할 수도 없었다.

"그래도 그걸 총괄하는 건 리타잖아. 무리할 필요 없어."

"으음, 저 진짜 괜찮은데. 요새 체력도 되게 좋아졌어요!"

그게 다 데스와의 친화력 때문이었지만, 리타는 본인이 열심히 움직인 덕에 건강해진 거라고만 여겼다. 데스 입장에선 정말이지 복장이 터지는 일이었다.

"그럼 우리 밥은?"

계속되는 바율의 회유에도 리타가 한결같은 태도를 보이자, 결국 보다 못한 마황이 볼멘소리를 내뱉었다.

"…밥이요?"

"그래. 우리 밥은 그럼 누가 해 주는데? 설마 바르 자식이 한 걸 먹으라는 건 아니지?"

"어머머! 내가 무슨 하얀 아저씨 밥 해 주는 사람이에요? 왜 그걸 저한테 말하세요? 나이가 몇 갠데, 알아서 해결하시면 되잖아요."

리타가 기가 막힌다는 듯 안경을 쓸어 올렸다. 이언도 있고 본인도 먹어야 하니 평일에도 요리를 하긴 했지만, 이처럼 뻔뻔하게 요구하자 어이가 없었다.

누가 여태 예뻐서 요리해 준 줄 아나?

하는 김에 넉넉히 해서 같이 먹었던 거지.

웃겨, 정말.

마황을 흘겨보는 리타의 눈빛은 딱 그랬다.

"그래서 지금 그 말은, 나보고 직접 요리라도 하라는 거야?"

태어나 이보다 더 황당한 말은 듣지 못했다는 양 마황의 잘생긴 얼굴이 한껏 찌푸려졌다. 마치 세상을 다 잃은 듯 슬퍼 보이기도 했다.

"리타."

바율은 더 큰 사달이 나기 전에 서둘러 둘 사이로 끼어들었다.

"봉사 활동은 평일 하루만 하는 걸로 하자. 안 그러면 내가 신경이 쓰일 것 같거든."

"도련님께서 신경이 쓰이신다고요?"

마황을 곱지 않은 시선으로 노려보던 리타가 예상치 못한 바율의 발언에 놀랐는지 어깨를 흠칫거렸다.

바율을 신경 쓰이게 하는 것이 있다면 뭐든 치워 주고 싶지, 그게 자기 자신이 그럴 수 있다고는 한 번도 염두에 두어 본 적이 없었다.

"리타도 같은 아카데미에 있는 셈이잖아. 점심은 먹었을까. 일이 힘들지는 않을까. 뭐, 그런 신경 말이야."

"헉! 그러면 안 되죠! 도련님 공부하셔야 하는데!"

바율 스스로 생각해도 말 같지도 않은 핑계였지만, 그래도 리타에게 먹힌다니 다행이 아닐 수 없었다.

"사제님들은 비록 평일 하루라도 리타가 도와준다면 무척 고마워하실 거야. 그렇죠?"

"…그럼요! 그렇고말고요!"

"도와주신다니 영광이고말고요!"

평일 내내 와 준다면 훨씬 좋겠지만, 바율과 눈빛이 마주친 순간 두 사제는 하루라도 감지덕지해야 함을 간파했다.

'하루? 웃기고 있네.'

하지만 그들은 몰랐다. 그 하루조차 질색하는 이가 바로 옆에 있다는 걸.

'오늘 밤 꿈에서들 보자.'

데스는 이번에야말로 지엄한 신탁을 내릴 참이었다.

Chapter 7.
카트린느의 속사정

1.

"후우."

길고 긴 회의가 끝나자 란데르트 공작은 한숨을 몰아쉬며 넥타이를 느슨하게 풀었다. 체력이라면 사나흘 밤을 새도 끄떡없을 만큼 좋은 편이지만, 귀족들을 상대하는 건 육체적인 강인함과는 하등 상관이 없었다.

제국을 대표하는 도당의 대신이라는 자들이 정작 중요한 결정은 젖혀 둔 채, 쓸데없는 말꼬리를 잡고 늘어질 때마다 회의를 엎어 버리고 싶은 충동과 싸워야만 했다.

헥터 후작의 뒤를 이어 도당의 의장직을 맡은 이는 레드윈 백작이었다. 그는 린데만 황태자를 지지하는 귀족이었고, 얼마 전까지만 해도 사돈으로 엮일 뻔했던 란데르트 공작의 측근이었다.

귀족으로서의 긍지와 책임감을 갖춘 그는 의장으로서 해야 할 최소한의 일은 제대로 해내고 있지만, 아직 회의를 장악하는 능력이 부족한 것도 사실이었다.

그래서인지 공작은 모순적이게도 헥터 후작이 의장으로 있을 때보다 더 큰 피로감을 느꼈다. 그가 나서야 할 때가 이전보다 많아진 탓이다.

동생인 리암이라도 있었다면 나았겠지만, 녀석은 드와이어트 제국에서 총독으로 있다가 딸의 결혼식 때문에 겨우 시간을 내서 잠깐 돌아왔다. 차마 더는 부려먹을 수가 없었다.

거기다 카트린느 황비가 황자를 포태했다는 소문이 퍼지자 보이텍 후작을 위시한 신성 세력들은 그야말로 기고만장이었다.

꽤 오랜 시간 제국의 후계 구도는 린데만 황태자로 집중되어 있었다. 새로운 황자가 탄생하기도 전에 벌써 이리 시끄러우니, 앞날이 어떨지는 보나마나였다.

여러 가지로 떠들썩한 상황에 공작은 골이 아팠다.

"술이라도 한잔 드릴까요?"

수행 기사인 사다드의 말에 란데르트 공작은 무심코 창

밖으로 시선을 가져갔다. 늦가을의 시작을 알리는 낙엽이 바람에 떠밀려 허공을 부유하고 있었다.

"오늘은 안주가 없어서."

해밀턴이 물에 잠기던 작년만 하더라도 비가 지긋지긋하게 느껴졌었다.

하지만 아내를 만날 수 있었던 건 바로 그 비 때문이기도 했다.

그래서일까.

란데르트 공작도 언제부터인가 비가 좋았다. 특히 지금처럼 가슴이 답답할 땐 시원한 소낙비가 퍼부었으면 하는 바람이 생겨난다.

"그럼, 캐링스턴에 계신 바율 도련님께 편지라도 보내 볼까요?"

"녀석이 그걸 읽고 여기에 비를 내려 줄 때까지 이곳에 있으라는 소린가?"

"내키지 않으시겠지만, 아무래도 그래야 할 것 같습니다."

밀린 업무가 그만큼 쌓여 있다는 뜻이었다.

"리암은 이 많은 걸 어떻게 그리 군말 없이 해냈는지 모르겠군."

드와이어트 제국의 총독으로 부임하기 전, 리암은 본인

의 일거리뿐 아니라 형인 공작의 일까지 대신해서 처리하고는 했다. 새삼 녀석의 빈자리를 실감하게 된다.

"그분은 타고나셨습니다."

"그 말은 꼭 난 어디가 모자란다는 것처럼 들리는데?"

"솔직히 공작 전하께선 머리보다는 몸을 쓰시는 게 훨씬 이득이시죠."

"이득?"

"백 마디 말씀보다 검을 한 번 휘두르시는 게 여러모로 효과가 클 거라는 뜻입니다."

"입만 산 늙은이들을 상대로 무기를 들라고?"

생각만으로도 어이가 없다는 듯 란데르트 공작이 미간을 오므렸다.

"그러다 단체로 기절이라도 하면 큰일이야. 그 뒷감당을 어찌하라고."

"저들에겐 한 번씩 전하의 실력을 보여 줄 필요가 있습니다. 자신들이 상대하는 이가 누구인지, 너무 자주 잊는 것 같거든요."

사다드의 음성엔 진심이 가득한 불만이 서려 있었다. 그에 공작은 고개를 들어 서 있던 그를 올려다보았다.

"농담인 줄 알았는데."

"베르가라에 올 때마다 늘 했던 생각입니다."

"훗. 그랬나?"

"네. 전장에서의 공작 전하 모습을 보았다면, 최소한 면전에서 저리 거만을 떨지는 못했을 겁니다."

란데르트 공작은 현재 제국의 유일한 공작이자, 이 나라 제일의 무신이었다. 그를 숭배하며 따르는 이가 황제를 좇는 이보다 많다는 건 공공연한 사실이었다.

그러나 도당의 귀족들 대부분은 공작의 무위를 전해 듣기만 했을 뿐, 제대로 목격한 바가 없었다. 존재만으로도 충분히 위압감을 풍기는 공작이기에 그를 대놓고 무시하는 이들은 없으나, 가끔 오늘처럼 자신감이 뻗치는 날에는 과하게 굴 때가 있었다.

"난 대신들이 날 두려워하길 바라질 않네."

"하오나 공작 전하……."

"적어도 여기 황궁에서만큼은 말일세."

제국의 주인은 엄연히 그가 아니라 황제였다. 젊은 날, 란데르트 공작을 의지하며 존경해 마지않던 황제는 어느덧 누구보다 그를 경계하는 인물로 변해 있었다.

란데르트 공작을 향한 황제의 태도는 늘 예를 갖췄지만, 공작의 예민한 감각은 그러한 감정을 모르려야 모를 수가 없었다.

그렇다고 황제가 공작을 무조건 멀리하는 것은 아니었

다. 그는 여전히 공작을 믿고 의지했다. 공작에 대한 그의 경계심은 그저 권력가로서 당연한, 본능 같은 것이었다.

그걸 잘 알기에 란데르트 공작은 부러 황궁의 출입을 삼가는 편이었고, 세력을 넓히려 애쓰지도 않았다. 주변에서 알아서 사람들이 몰려드는 탓에 소용없는 일이 되어 버리긴 했지만, 어쨌든 그는 신하로서의 선을 넘지 않으려 부단히도 애쓰는 중이었다.

"그래도 가끔은 필요하겠지?"

"예?"

뜬금없는 물음에 사다드가 바로 이해하지 못하고 맹한 소릴 내자, 공작이 갑자기 자리에서 일어났다.

"며칠을 내리 회의만 했더니 좀이 쑤시는군."

"…그래서요?"

"그래서는 뭘 그래서야. 몸 좀 풀겠다는 거지."

"혼자서 말씀입니까?"

"아니. 상대가 있어야 더 효과가 크지 않겠나? 이왕이면 적수도, 구경꾼도 많을수록 좋겠군."

"많이 피곤하긴 하셨나 봅니다."

사다드는 그제야 공작의 숨은 뜻을 알아차렸다. 말들이 많으니 몸소 움직여서 그 입들을 다물게 하려는 속셈이신 것이다. 어지간하면 이럴 분이 아니기에 웃음이 났지만, 그렇다고 마냥 웃을 수도 없었다.

"만월 기사단은 몇 되지 않으니, 황실 기사단을 소집하겠습니다."

"누구든 상관없다고 전하게."

"베르가라가 시끌시끌해지겠군요."

"잠시 구경거리가 되긴 하겠다만, 자네 말처럼 지금 상황에서는 실보다 득이 많겠지. 안 그런가?"

"아무렴요. 이보다 더한 전략은 없다고 자부합니다."

그리 말한 사다드는 꾸벅 인사하고 나갔다. 그리고 그로부터 얼마 지나지도 않아 황궁이 들썩거렸다. 난데없이 란데르트 공작이 황실 기사단을 소집했기 때문이다. 제국의 총사령관이니 그럴 자격은 충분했지만, 이유가 다소 의아스러웠다.

기사단의 실력 증진을 위해 몸소 나서 대련에 임할 거라는 전갈이 내려온 것이다. 이제껏 공작과의 대련은 만월 기사단에게만 국한된 것이었다. 기사를 꿈꾸는 자 중에는 그것 때문에 만월 기사단에 입단하는 것이 목표인 이들도 있을 정도였다.

황실 기사단 단원들은 말할 것도 없거니와, 소식을 들은 많은 사람들이 연무장으로 몰려들었다. 황실에서 일하는 궁인들은 물론이요, 하급 관리와 고급 관리, 도당의 귀족들과 그들을 수행하는 기사 등 다양한 인간들의 집합체였다.

제국의 살아 있는 전설이라 불리는 공작의 실력을 바로 코앞에서 볼 수 있는 절호의 기회를 마다할 이는 거의 없었다.

체면 때문에 고사하는 이들도 더러 있긴 하였지만, 하루도 지나지 않아 그들 모두 뼈저리게 후회했다는 후일담이 전해지기는 했다.

2.

이튿날, 오전의 회의를 아주 순조롭게 마친 란데르트 공작은 가벼운 발걸음으로 프리실라 황태후의 처소를 찾았다.

그러나 처소에 들어선 순간 걸음걸이와 달리 마음만은 무겁게 가라앉았다.

"바람이 찹니다. 어찌 창을 전부 열어 놓으신 겁니까?"

"오시자마자 잔소리부터 하시는 겝니까?"

벗을 맞이하는 프리실라 황태후의 입가에는 환한 미소가 걸려 있었다. 하나 그와 대조적으로 그녀의 안색은 공작이 그녀를 마지막으로 보았을 때보다 훨씬 좋지 않았다.

"감기라도 들면 어쩌시려고요."

공작은 그녀에게 의사도 묻지 않고 손수 창문을 닫았다. 황태후의 시녀들이 다급히 나서려고 했으나 그가 손을 뻗어 제지했다.

"이 몸에 감기 하나 붙는다고 해서 더 나빠질 게 있겠습니까."

"기침이라도 하시면 말씀하기가 어려워지긴 하겠지요."

창을 닫고 돌아서는 란데르트 공작은 지지 않고 대꾸했다. 하루가 다르게 건강이 악화되고 있는 그녀의 모습은 그로 하여금 많은 생각을 하게 만들었다.

공작의 눈가에 시름이 잡히자 황태후가 부러 밝은 목소리로 어제 일을 끄집어냈다.

"그런데 무슨 바람이 부셨던 겝니까?"

"바람이라니요?"

공작이 자리에 앉자 곧 따뜻한 차가 앞에 놓였다.

"또 나를 뒷방 늙은이 취급하시는군요."

프리실라 황태후가 밉지 않게 노려보자 란데르트 공작은 그저 어깨를 으쓱였다.

"회의 진행이 너무 더뎌서 전술을 좀 바꾸었을 뿐입니다."

"그래서, 만족스러운 결과는 얻은 겝니까?"

"그럼요. 앞으로 종종 애용해 볼까 합니다."

우스개 같은 공작의 말에 황태후가 오랜만에 크게 웃음을 터뜨렸다. 그녀는 진즉부터 짐작하고 있었다.

아무것도 하지 않아도 늘 관심의 대상이 되는 공작이다. 그런 그가 평소와 완전히 다른 행보를 보였다는 건 목적이 있다는 뜻이었고, 그게 무엇인지 모를 만큼 그녀는 무지하지 않았다.

"그대도 나이를 먹긴 하나 봅니다."

"이래 봬도 제가 황태후 마마와 동갑입니다."

그걸 벗인 그녀가 어찌 모를까.

그저 지금껏 한결같이 우직한 길로만 가던 공작이 방법을 달리 했다는 게 놀라울 뿐이다.

"참, 제인이 전해 달라고 하더군요."

공작이 캐링스턴을 떠나기 전날 밤, 로티어스 교수가 서찰을 건넸다. 프리실라 황태후의 병환을 걱정하던 그의 표정은 꽤 불안해 보였다.

"그 녀석은 와서 제 얼굴이나 보여 줄 것이지, 무슨 편지랍니까."

황태후는 불평하면서도 공작이 내민 서찰을 소중하게 손에 쥐었다.

"학기 중이니 봐주십시오. 곧 겨울 방학이니 올라오지

않겠습니까?"

"가져오신 서찰은 이것 하나인 겝니까?"

"예?"

"황태자가 많이 기다리던 눈치라서 말입니다."

"아."

그녀의 말을 알아들었지만, 공작은 일부러 긴말하지 않았다. 그러잖아도 입궁하자마자 린데만 황태자에게 헤이즈의 서신을 전달했다. 그녀는 당분간 캐링스턴 아카데미를 지켜야 했기에 함께 오지 못했다.

"내가 어떻게 알았는지 묻지도 않으시는군요."

"이 황궁에 황태후 마마의 눈과 귀가 많다는 뜻 아니겠습니까?"

"난 반대입니다."

"……."

"황태자는 뒷받침해 줄 만한 외가가 없습니다. 그러니 처가라도 영향력 있는 가문의 딸이기를 바랍니다. 이왕이면 보이텍 후작가를 상대할 만한 그런 집안 말입니다."

카트린느가 후궁에서 황비로 격상되면서 손자에 대한 황태후의 걱정은 늘어만 갔다. 이미 두 번째 황자가 태어날 거라는 게 기정사실화되고 있었다. 헤이즈가 뛰어난 실력의 기사라고는 하나, 든든한 배경은커녕 부모도 없는 고아

신분이었다.

"만월 기사단으로는 부족하십니까?"

"무슨……?"

"헤이즈의 뒤에는 생사고락을 함께한 수많은 동료가 있다는 말씀입니다. 거기엔 저까지 포함이고요."

"그대는 당연히……."

"황태후 마마께서 염려하시는 일은 절대 벌어지지 않습니다. 제가 그렇게 두지 않을 거라 약속드리면, 안심이 좀 되시겠습니까?"

병색이 완연해서는, 오로지 황태자 생각뿐이었다. 그녀의 심정을 이해하지 못하는 바는 아니나, 신하이기 이전에 벗으로서 공작은 그녀가 마음의 근심을 좀 덜어 놓았으면 싶었다.

"황태후 마마, 카트린느 황비 마마께서 문안차 방문하셨사옵니다."

그때 바깥에서 손님이 왔음을 알리는 시종의 목소리가 들려왔다.

황태후는 들여도 되겠냐는 듯 공작에게 눈으로 물었고, 공작은 가볍게 고개를 끄덕임으로써 본인의 의사를 밝혔다.

"들라 하라."

방금까지 손자를 걱정하던 기색은 감쪽같이 사라졌다. 프리실라 황태후의 얼굴은 어느새 가면을 쓰기라도 한 듯, 황실의 제일 윗사람에 걸맞은 근엄함이 자리하고 있었다.

"황태후 마마를 뵙습니다."

카트린느는 실내로 들어서자마자 황태후에게 공손히 예를 갖춰 인사했다. 제법 배가 불렀음에도 시녀들의 도움 없이 허리를 숙이고 일어서던 그녀는 이내 공작을 발견하고 당황한 기색을 표했다.

"란데르트 공작께서 와 계실 줄은 미처 몰랐습니다. 황태후 마마의 건강이 염려되어 찾아뵌다는 게, 마음이 급해서 미리 기별도 넣지 못해 큰 결례를 범했네요. 제가 두 분의 오붓한 시간을 방해한 것은 아닌지 저어됩니다."

카트린느 황비의 고운 이마에 실금이 그어졌다. 이목구비가 뚜렷한 화려한 미인형의 그녀는 작은 표정만으로도 사람들의 관심을 끌어당기는 재주가 있었다.

"아니네. 공작도 이해할 걸세. 이 늙은이가 너무 자주 아픈 게 문제라면 문제인 게지."

"오늘도 많이 편찮으신가요? 제가 보내 드린 약은 꾸준히 잘 챙겨 드시는지요?"

"내가 살날이 남았으면 얼마나 남았다고 번거롭게 자꾸 그런 걸 챙기는가. 이젠 되었으니 그만하게."

"황태후 마마! 그런 말씀은 거두어 주세요. 저와 같이 백년해로하셔야지요."

"백년해로는 부부간에 오가는 약조이거늘, 내가 어찌 그걸 영애와 하겠나? 심한 농은 기분만 상하는 법일세."

"네. 심려 끼치게 해 드렸다면 송구합니다."

황태후의 힐책에 카트린느가 금세 시무룩해져서는 고개를 푹 숙였다. 사교계의 여왕으로 군림하던 시절과는 사뭇 다른 모습이었다.

제 아비를 닮아 속에 능구렁이를 수십 마리는 지니고 있을 터인데, 황태후 앞이라서 그런지 몸을 사리는 느낌이었다.

하지만 그런 착각도 잠시. 곧 시선을 들어 황태후와 눈을 맞춘 카트린느 황비가 서운하다는 듯 말했다.

"그런데, 황태후 마마께 저는 아직도 영애인가 봅니다. 제가 폐하와 혼례를 치르고 정식으로 황태후 마마의 며느리가 된 지도 제법 되었는데요."

그녀가 미소 지으며 자신의 부른 배를 천천히 쓰다듬었다.

"이렇게 배 속에 손자까지 배고 있는데…… 솔직히 조금 섭섭해요, 어머님."

말씨와 표정은 정녕 귀엽게 애교 부리며 하소연하는 며

느리처럼 보이긴 했다.

하나 공작도, 황태후도 그리 호락호락한 사람들이 아니었기에 그 말 안에 담긴 날카로운 가시를 단박에 알아차렸다.

심기가 불편해지려는 벗을 대신해서 란데르트 공작이 부드럽게 받아쳤다.

"아무래도 아직은 황태후 마마께서 카트린느 황비 마마를 영애라 부르는 게 더 익숙하신 모양입니다. 잉태 중이시라고는 하나, 여전히 이리 앳되어 보이시니 말입니다."

실제로 카트린느의 나이는 이제 고작 열아홉 살이었다. 의붓아들이 된 린데만 황태자와는 놀랍게도 동갑내기였다.

"어머. 지금 그 말씀은 칭찬이신 거죠?"

"그저 사실을 말했을 뿐입니다."

화제를 돌리고 싶었지, 딱히 의미를 둔 말은 아니었다. 그걸 잘 알면서도 카트린느 황비는 샐샐 눈웃음을 쳤다. 보통의 사내였다면 홀딱 넘어가고도 남을 법한 미소였지만, 란데르트 공작은 그 보통을 뛰어넘어서는 인물이었다.

사실 카트린느는 그래서 한때 속이 탄 적이 있었다. 비록 그가 아버지인 보이텍 후작과 정치적 이념이 달라 척을 지고 있긴 하나, 그렇다고 그의 매력까지 느끼지 못하는 것은 아니었다.

란데르트 공작 정도라면 아들이 한 명 있는 것쯤은 별다른 흠도 되지 않았다.

오래전 평민 여성과의 결혼으로 제국을 발칵 뒤집어 놓은 전적은 있는 그는, 사교계에서 여전히 일등 신랑감으로 통했다.

황제보다도 나이가 많다고 하지만 그게 무슨 대수겠는가.

검의 궁극의 경지라는 마에스터의 자리에 오른 공작은 오십 대를 훌쩍 넘은 나이에도 불구하고 이십 대 청년의 모습을 하고 있었다.

제국의 살아 있는 전설이라는 명성에 멋들어진 외모와 성품까지 갖추었으니, 사교계의 여왕이라 불리던 카트린느 역시 어려서부터 남몰래 그를 연모했었다.

공작이 그런 그녀에게 눈길 한 번 주지 않았기에 그녀가 지금의 위치에 있게 되었다고 해도 과언이 아니었다. 그가 손만 내밀었다면 당장이라도 넘어갈 준비가 되어 있었으니까.

물론 이 모든 건 카트린느 황비 혼자만의 생각이었다. 공작은 애초에 이베트가 아닌 어떤 누구도 이성으로 느껴 본 적이 없었다.

"빈말이라도 공작께서 그리 말씀해 주시니 저는 좋습니

다. 안 그래도 임신 때문에 머릿결도 상하고 피부도 푸석푸석해져서 속상하던 참이었거든요."

겉으로 드러난 외양은 배가 나온 것 말고는 전혀 달라진 바가 없었지만, 카트린느는 약간 울상을 지으며 투정했다.

"마마께선 황손을 배고 계십니다. 산모와 태아는 심적으로도 연결이 되어 있다고 하더군요. 앞으로는 되도록 즐거운 상상만 하셨으면 합니다."

"공작께서도 아시는군요? 네, 맞아요. 그러잖아도 어의가 배 속의 황자를 위해 좋은 것만 보고 생각하라고 하더라고요. 그래야 건강한 출산을 할 수 있다면서. 황태후 마마를 뵈러 온 것도 그래서랍니다."

카트린느 황비의 시선이 다시 황태후에게로 향했다.

"황태후 마마. 곧 태어날 손자를 위해서 덕담 한마디 부탁드립니다. 우리 황자님께서 이 안에서 다 듣고 계실 거예요."

카트린느 황비는 꼬박꼬박 '손자'며 '황자'니, 아직 태어나지도 않은 아이의 성별을 확정하는 단어를 써 댔다. 그 이유가 황태후를 자극하기 위해서라는 것을, 여기 있는 이들 중 모르는 사람은 없었다.

속에선 노기가 끓었지만, 황태후는 이 황궁에서 무려 30년을 넘게 버틴 여인이었다. 남편과 아들 둘을 앞세워 보내며 급격히 건강이 악화된 와중에도, 여태껏 내궁을 단속하는 데 한 치의 게으름도 피우지 않았다.

이제 갓 황실에 발을 디딘 어린 며늘아기에게 휘둘릴 만한 군번이 아니란 뜻이었다.

"이 늙은이의 덕담이 무에 그리 중요하다고 무거운 몸을 이끌고 예까지 온 겐가? 그러다 탈이라도 나면 어쩌려고."

"아직은 괜찮습니다. 그리고 어의도 가만히 있는 것보다는 움직이는 게 더 좋다고 하던걸요."

"그래도 요즘 날이 많이 차네. 숄도 없이 그리 다녔다간 감기에 걸릴 게야."

"황태후 마마께서 제 걱정을 해 주시다니, 너무 기쁘네요."

"황비가 아프면 아랫사람이 고생하는 법이네."

"네, 황태후 마마. 명심하겠습니다. 대신 마마께서도 꼭 오래오래 건강하셔서 손자도 품에 안아 보시고, 재롱부리는 것도 보시며 예뻐해 주셔야 합니다. 내리사랑이 그렇게 중요하다고 하잖아요."

카트린느 황비는 보란 듯이 다시금 자신의 배에 손을 얹었다.

"린데만 황태자 전하만 봐도 그래요. 황태후 마마께서 얼마나 애정을 듬뿍 주셨으면 그리도 멋지게 잘 자라셨겠어요. 제가 많이 부족하니, 어머님께서 가르침 주시면 열심히 따르겠습니다."

"카트린느 황비."

프리실라 황태후의 목소리가 돌연 서릿발처럼 가라앉았다. 내내 인자함을 가장하고 있던 그녀의 눈빛도 엄하게 바뀌어 있었다.

그에 당황한 듯 카트린느의 어깨가 움츠러들었다.

"황실엔 엄연히 법도라는 게 있네. 란데르트 공작까지 있는 곳에서 호칭 하나 제대로 부르지 못하고, 이 무슨 추태인가? 남들 앞에서는 입조심을 해야 한다고 그리 일렀거늘, 벌써 두 번이나 실수를 하지 않았나!"

"소, 송구합니다. 황태후 마마께서 너무 편히 잘 대해 주셔서, 제가 그만……."

"당분간은 둘만 있는 자리에서도 어머니란 명칭은 삼가게. 그러다 습관이라도 들면 큰일이니."

"…네, 황태후 마마."

"한 가지 더. 아무리 어의가 황자라고 하였다지만, 아기는 낳아 보지 않는 이상 모르는 거네. 난 아들을 셋이나 낳았지만, 어의는 두 번이나 아들이 아니라 딸이라고 했었거든."

"…정말이세요?"

카트린느가 깜짝 놀란 듯 눈을 흡떴다.

"황자든 황녀이든 그게 무슨 문제가 되겠나? 다만 그 아이가 여자아이라면 생길 일이 염려되네. 황자라고 믿고 있던 이들이 자신들이 알던 것과 다른 사실에 대해 이러쿵저러쿵 떠들어 대면, 내 귀한 손녀딸이 얼마나 억울하겠느냔 말일세. 아니 그런가?"

황자가 아닌 황녀가 태어나길 바라는 건 현재 황태후가 가장 소망하는 것이었다. 물론 어떤 성별을 띠고 나오든, 미우나 고우나 그녀에게는 손주였다. 그저 여아라면 린데만 황태자와 황위를 두고 다툴 일이 없으니 안심이 될 뿐이다.

그녀의 바람대로 황녀가 탄생한다면 기쁜 일이겠지만, 죄 없는 아이가 호사가들의 입에 오르내리는 것은 사절이었다.

"실망하는 표정을 보니, 아들을 바라는 겐가?"

"…이왕이면 폐하를 닮은 씩씩한 황자였으면 좋겠다고 늘 생각했습니다."

"아직 젊은데 벌써 무슨 걱정이야. 딸이면 다음에 아들을 또 낳으면 되는 것을. 난 셋이나 낳았는걸."

황태후는 마음에도 없는 말을 내뱉으며 카트린느 황비를 타일렀다. 그녀야말로 어여쁜 딸을 하나 갖고 싶었지만, 얄

궂게도 신은 아들만 내리 셋을 점지했다.

"무슨 말씀이신지 잘 알겠습니다. 주의할게요."

꾸지람 때문인지, 카트린느의 안색이 확연하게 어두워졌다. 그녀는 몇 마디 말을 더 주고받다가 배가 뭉치는 것 같다며 다소 급한 인사를 남기고는 서둘러 물러났다.

'어지간히도 황자를 낳고 싶은 모양이군.'

란데르트 공작은 한숨을 지으며 설레설레 고개를 저었고, 황태후는 그녀가 나가자마자 어린 게 맹랑하지 않으냐며 한동안 공작에게 신세를 한탄하듯 속말을 퍼부었다.

3.

우당탕탕!

카트린느는 오늘도 분을 이기지 못하고 성난 황소처럼 날뛰었다. 손에 걸리는 거라면 아무거나 닥치는 대로 마구 집어던졌다.

"지는 날 보고 영애라고 한 주제에, 그깟 어머니라고 좀 불렀다고 공작 앞에서 날 망신을 줘?"

머리가 얼얼할 정도로 성질이 뻗쳤다.

"지가 황태후면 다야? 죽을 날도 얼마 남지 않은 것 같아서 기껏 시간 내서 찾아가 어른 대접을 해 줬더니, 아주 날 병신으로 보네? 감히 어디다 대고 훈계질이야?"

부친에게조차 받아 본 적 없는 취급이었다. 어려서부터 눈치가 빨랐던 그녀는 사람들의 기분을 맞추는 데에는 도가 텄다. 뛰어난 외모 덕에 그런 면이 부각이 덜 되어서 그렇지, 황제를 제 남자로 만든 것은 그 성향도 무시할 수 없었다.

"얼른 확 뒈져 버려라!"

챙그랑!

한눈에 봐도 고급스러운 태가 나는 붉은 찻잔이 벽에 부딪히며 산산조각이 났다.

"란데르트 공작도 그년이랑 똑같아! 그러니 둘이 짝짜꿍하는 거겠지!"

그 둘의 공통점이라면, 카트린느가 무슨 짓을 해도 넘어오지 않는다는 것이었다.

"그 와중에 잘생기고 지랄이야."

황태후의 처소에서 보았던 공작의 미소가 떠오르자 가슴이 설레면서 카트린느는 더욱 짜증이 치밀었다.

"핫! 나보고 애를 또 낳으라고?"

기가 막혀 웃음이 튀어나왔다. 할 수만 있다면 그녀도 그러고 싶었다.

하지만 임신한 걸 알고 황제에게 그 사실을 고했을 때, 그녀는 어처구니없는 말을 들어야만 했다.

"이 아이가 짐과 그대 사이의 처음이자 마지막 아이가 될 것이네."

"예? 폐하, 그게 무슨 말씀이시온지……."

"그대 배 속의 아이가 남아일지 여아일지 모르겠다만, 내 후계자는 린데만 황태자뿐이란 말일세. 그대도 여인이니 아이 하나쯤은 원할 것 아니겠는가?"

"저는…… 되도록 많이 낳고 싶은 게……."

"아니. 후계 다툼은 질색이야. 아들이든 딸이든 짐이 많이 예뻐할 터이니, 방금 말한 부분은 그대가 이해해 주었으면 좋겠군."

이 이야기는 오직 아비에게만 털어놓았다. 그때의 치욕스러움은 죽을 때까지 잊지 못할 것이다.

카트린느가 황후도 아닌 후궁으로 황제에게 시집을 온 이유는, 오로지 제 아들을 황제로 만들려는 욕심 때문이었다.

그런데 자신에게 푹 빠져 있는 줄로만 알았던 황제가 그리도 크게 뒤통수를 칠 줄이야.

"송구하오나 카트린느 마마, 배 속의 황손께서는
황녀이신 듯하옵니다."

청천벽력과도 같은 신관의 말에 그녀는 이성을 잃었고,
사실을 고했을 뿐인 그 신관은 그날 이후로 쥐도 새도 모르
게 사라졌다.

"아직 본가에선 아무 연락이 없느냐?"

가빠진 숨을 몰아쉬며 카트린느가 신경질적으로 물었다.
멀찍이 물러나서 조용히 눈치만 살피던 그녀의 전담 시녀
가 황급히 다가와 속삭였다.

"…뭐? 누가 찾아와?"

잠시 후, 헝클어진 머리와 옷매무시를 단정히 하고 응접
실로 들어선 카트린느를 맞이한 것은 사돈이자, 이제는 원
수보다 못한 사이가 된 헥터 후작이었다.

Chapter 8.
첫 수석

1.

보스트리지 남작에 대한 재판은 생각보다 일찍, 싱겁게 끝이 났다. 세이모어가와 란데트르가의 맹공 앞에서 남작은 별다른 대항 한번 해 보지 못하고 쉽게 허물어졌다.

아마 포기했다고 보는 게 맞을 것이다. 재판이 진행되는 동안 전의를 완전히 상실한 채 고개만 푹 수그리고 있던 보스트리지 남작의 모습은 차마 보기가 딱할 정도였다.

하지만 그건 아주 잠시간의 동정이었을 뿐, 그가 가족이라는 이름하에 여동생과 조카에게 행했던 학대 행위가 수면으로 올라오면서 재판정의 분위기가 순식간에 돌변했다.

인간의 탈을 쓰고 어찌 그럴 수 있느냐며 누군가 소리치는 것을 시작으로, 남작을 향한 입에 담지 못할 욕들이 여기저기서 마구 쏟아졌다.

남작의 죄는 그것 말고도 무수하게 많았지만, 학대의 수위가 워낙 높았기에 클로에와 라나사에게 화제가 집중될 수밖에 없었다.

세이모어 백작과 아이작은 그렇게 되길 원하지 않았으나 원래가 사람들이란 자극적인 이야기를 더 선호하는 법이었다.

친동생을 죽은 것처럼 위장하고, 갓 태어난 조카를 보육원에 버린 채 장장 15년을 모른 척한 남작의 비정함에 사람들은 분노했다.

물론 세이모어 백작은 백작대로 클로에와 라나사를 보호하기 위해 최선을 다했다. 하나 보기 드문 사건인 만큼 귀족들의 관심은 지대했고, 그 와중에 굳이 드러내고 싶지 않은 치부까지 공개되기도 하였다.

클로에가 라나사에게 빵 한 조각을 먹이기 위해 몇 번이나 자결 시도를 했다는 게 알려지는 바람에, 많은 이들이 눈물을 쏟아 낸 일 등이 그러했다.

그 덕에 보스트리지 남작의 형량이 대폭 늘어났으니 손해라고 보기는 어려웠으나, 세이모어 형제는 앞으로 두 모녀에게 쏠릴 과도한 관심과 그로 인해 받을 상처가 걱정이었다.

세이모어 백작가에 대대로 딸이 귀하다는 건 알 말한 사람은 다 아는 사실이었다. 그래서 그 가문에서 여식을 얼마나 애지중지하는지도.

라나사는 미처 짐작하지 못했지만, 그녀의 진정한 정체는 사교계에 새로운 바람을 일으켰다.

어린 시절을 보육원에서 보내고 학대를 받았다는 게 다소 흠이 될 순 있었다. 그러나 '세이모어가의 직계 중 유일한 여자'라는 수식어는, 또래의 아들을 둔 귀족가에선 그 흠을 덮고도 남을 만큼 충분히 탐이 날 만한 조건이었다.

제국의 기둥 중 하나인 세이모어 백작가와 사돈을 맺는다면, 여러 방면에서 엄청난 이득이 될 게 분명하기 때문이다.

더욱이 이미 라나사의 빼어난 미모와 뛰어난 검술 실력에 대한 소문이 널리 알려진 상태였다. 시험 때마다 학부 수석을 차지할 정도로 뛰어난 인재라는 건 보스트리지 남작이 하도 자랑을 해 대서 많은 이들이 진즉에 알았다.

열악한 환경에서도 꿈을 잃지 않고 잘 자라 준 라나사의 행보는 뜻하지 않게 많은 이들의 귀감이 되었고, 그것은 곧 귀족의 자식들에게 잔소리가 되어 돌아갔다.

클로에가 그간 모아 둔 장부 덕에 남작의 비리를 잡아내는 것 역시 그리 어렵지 않았다. 그는 수많은 불법을 저질렀고, 벗어날 곳은 쥐구멍만큼도 없었다. 죄목이 너무 많아서 종이 한 장에 다 쓰이지도 못했다.

결국 그는 죗값을 치르기 위해 감옥에 갇히는 신세가 되었고, 보스트리지 남작가는 자연스레 그의 아들의 차지가 되었다. 이미 결혼해서 처자식까지 둔 남작의 아들은 제 아비의 악행이 그렇게까지 심했을 줄은 몰랐다고 증언했다.

실제로 그는 고모인 클로에가 살아 있다는 것도 몰랐으며, 라나사는 아비가 정치적 목적으로 입양해 온 딸이라고만 생각했었다.

그저 하는 일 없이 놀고먹는 것만 좋아하고, 집안이 어떻게 돌아가는지는 관심도 없는, 전형적인 한심한 귀족가의 자식이었다. 그렇기에 다행히 그는 살아남아 가문을 지킬 수 있었으니, 남작가로선 어찌 보면 행운인 셈이었다.

세이모어 백작과 아이작의 기세에 눌린 그는 나라에 어마어마한 징수금을 내고, 남은 재산의 반을 뚝 떼어서 그간의 학대에 대한 배상금으로 지불했다.

가진 게 돈밖에 없던 가문인지라 포도밭과 와이너리, 보석 등을 다 합친 금액은 가히 상상조차 할 수 없는 거금이었다.

졸지에 벼락부자가 된 라나사는 신이 나서 방방 뛰었다. 그리고 제일 먼저 한 일이, 아실에게 안전한 집을 마련해 준 것이었다. 거기에 꽃집이든 빵집이든 뭐든 하라며 돈까지 쥐여 줬다고 한다.

그 얘기를 전할 때 라나사의 표정은 이제껏 보았던 어떤 때보다 행복해 보였다. 그녀가 며칠을 웃고만 지낸 탓에, 넋을 잃고 바라보다가 봉변을 당한 남학생들의 수가 바율이 들은 것만 해도 수십 명이었다.

얼음 여신이었을 때도 뭇 남학생들의 가슴을 설레게 했던 라나사였다. 당연히 그녀의 미소에는 면역력이 없었기에 속수무책으로 당할 수밖에 없었다.

2.

"라나사, 넌 좋겠다."

아카데미의 점심시간이었다. 먼저 와서 식사 중이던 라나사의 앞에 루빈스키가 식판을 내려놓으며 한숨을 푹 내쉬었다.

둘은 작년에 1학년 사절단으로 함께 황궁에 다녀온 이후로, 자주는 아니지만 이렇듯 가끔 함께 식사를 하는 사이 정도는 되었다.

"수석 놓친 게 그렇게 억울해?"

루빈스키가 풀이 죽어 있는 이유를 라나사는 잘 알고 있었다. 지난주 2학기 기말고사가 끝났고, 1학년 때부터 내내 행정학부 수석을 차지했던 루빈스키가 처음으로 차석을 하고 만 것이다.

"라나사, 넌 그걸 굳이 꼭 집어서 말해야겠니? 혹시 너나 놀리는 거야?"

가뜩이나 심란한데, 이렇게 대놓고 물어 오니 루빈스키는 약간 불쾌하게 느껴졌다.

"내 말투가 직설적이라서 그렇게 들렸나 봐. 루빈스키, 내가 널 왜 놀리겠니? 난 그냥 너무 심각할 필요 없다는 얘기를 하고 싶었을 뿐이야. 차석도 충분히 잘한 거잖아."

"차석이 충분하다고? 그러는 넌 이번에도 기사학부 수석이잖아. 입학하고 한 번도 수석을 놓쳐 본 적 없는 네가 내 심정을 어떻게 알겠니?"

수석을 놓친 게 라나사 탓도 아니거늘, 루빈스키는 애꿎은 라나사에게 날카롭게 쏘아붙이더니 먹지도 않을 음식들을 괜스레 포크로 푹푹 찍어 눌렀다.

라나사는 살짝 치밀어 오르는 짜증을 꾹 누르며 차분히 말했다.

"그래, 네 말이 맞아. 난 차석을 해 본 적이 없으니까 네 마음을 완전히 이해하지는 못하겠지. 하지만 난 너처럼 차석을 하더라도 지금이랑 별로 달라지진 않을 것 같아. 내 실력이 그 정도라는 건데 받아들여야지. 별수 없잖아."

"그래, 너 잘났다. 얼음 여신에게 위로를 기대한 내가 바보지."

루빈스키가 무엇 때문에 공부에 열을 올리는지 라나사도 대강은 알고 있었다. 그러나 그것은 엄연히 그녀 개인의 사정이지, 라나사가 어떻게 도울 수 없는 문제였다.

본인의 실력이 부족해서 수석을 뺏겨 놓고, 자신은 변함없이 수석을 했다는 이유로 이런 비난을 받아야 한다는 게 라나사는 그저 황당하기만 했다.

내가 요즘 너무 웃고 다녔나?

이전의 루빈스키는 이런 식으로 선을 넘었던 적이 한 번도 없었다. 아마도 그랬기에 이제까지 연이 유지되었을 것이다.

우울해하지 말고 힘을 내라고 말을 해 주고 싶었는데, 그럴 마음이 싹 사라졌다.

'역시 밥은 혼자 먹는 게 편한 것 같아.'

라나사는 가라앉은 기분으로 말없이 식사에 열중했다. 루빈스키도 더는 말하고 싶지 않았는지 이후로 입을 닫았다.

"오! 바율!"

"학부 수석 축하한다!"

그렇게 얼마쯤 지났을 때다. 바율과 친구들이 떠들며 식당에 들어서자 여기저기서 축하의 인사말이 쏟아졌다.

그에 쑥스러운 듯 바율의 볼이 발갛게 물들자 루빈스키가 입술을 삐쭉거리며 투덜댔다.

"애들도 너무하는 것 아니니? 내가 여기 버젓이 있는데, 어떻게 바율한테 저렇게 축하한다고 말할 수가 있어?"

"루빈스키."

"그렇잖아. 내 기분은 상관도 안 해?"

"하아."

라나사가 결국 스푼을 손에서 툭 내려놓았다. 그녀의 성격상 도저히 계속 듣고 있을 수가 없었다.

"그러는 너는 지금 어떤데?"

"뭐?"

"너야말로 남들 기분은 상관도 하지 않고 있잖아. 아니야?"

"내, 내가 뭘 어쨌다고 그래?"

라나사의 차가운 목소리가 귀에 와 박히자, 그제야 루빈스키가 주춤대며 눈치를 살폈다.

"그깟 수석 좀 놓쳤다고 아까부터 계속 시비조로 말하고 있잖아. 아쉬워하는 네 마음은 알겠는데, 수석은 꼭 너만 하란 법 있니? 네가 그 자리 맡아 놨어?"

"라나사, 난……."

"바율도 너만큼이나 열심히 노력해서 얻어 낸 성과야. 그럼 친구로서 축하를 해 줘야지, 지금 그게 무슨 태도니? 무척 실망스럽다."

"나는…… 나는 그냥 너무 괴로워서 그런 거야. 너도 알잖아. 내가 집에서 어떤 취급을 받는지."

"그래서? 동정이라도 받길 원해?"

라나사의 싸늘한 어조에 루빈스키가 눈물을 글썽거리며 그녀를 쳐다봤다.

"루빈스키, 한 번만 말할 테니까 잘 들어."

라나사는 애써 화를 추스르려 노력하며 입을 열었다.

"나도 한때는 내 엿 같은 상황 때문에 부모 잘 만나서 사랑받고 자라는 아이들을 보면 속이 뒤틀렸던 적이 있었어. 그래서 보란 듯이 더 악착같이 공부했지."

바율에게 다짜고짜 못되게 굴었던 지난날이 생각날 때면 라나사는 지금도 얼굴이 화끈거렸다. 실수는 누구나 하는 거라지만, 라나사는 과거로 돌아갈 수만 있다면 그때의 만행을 몽땅 지워 버리고 싶었다.

"그러다 누구 덕분에 깨달았어. 다른 사람의 삶이 나보다 편해 보인다고 해서, 내가 그들을 탓할 자격은 없다는 거."

라나사의 시선이 여전히 아이들에게 둘러싸인 채 축하받느라 정신없는 바율에게로 향했다.

"흔히들 팔자라고 하지?"

"팔자?"

"태어나면서부터 타고나는 운수 같은 거 말이야."

"아, 응."

"그건 모두가 제각각이더라고. 근데 팔자가 좋다고 다 성공하는 건 아닌 것 같더라. 반대로 팔자가 별로라고 해서 다 망하는 것도 아니고."

"…모든 건 노력 여하에 달렸다는 걸 말하고 싶은 거구나?"

"일반화할 순 없겠지만, 맞아. 루빈스키, 넌 역시 똑똑해."

돌려 말해도 한 방에 알아듣는 걸 보면.

"미안해……."

"알면 됐어."

"겨울 방학 동안 집에서 구박받을 거 생각하니까, 내가 잠시 미쳤었나 봐. 오늘 한 얘기는 전부 잊어 주라. 응?"

루빈스키가 안경 밑으로 손가락을 넣어 눈물을 닦아 내며 사과했다. 자신이 생각해도 너무 못난 행동이었다며 자책하는 게 안쓰럽기도 하다.

"난 걱정 말고, 바율에게 가 보는 게 어때? 그 녀석 성격에 분명 너한테 미안해하고 있을 거 같거든."

본관에 성적표가 걸리는 순간, 루빈스키부터 찾던 바율의 행동을 라나사는 기억하고 있었다. 아마 녀석이라면 먼저 말을 꺼내지는 못할 것이다.

"좋은 생각이야. 가서 아무렇지도 않은 척 축하해 주고 와야지!"

늦게라도 자존심을 챙기기로 마음먹은 듯 루빈스키가 바율을 향해 씩씩하게 걸어갔다.

"고마워, 라나사."

물론 그 전에 라나사에게 고맙단 인사를 남기기도 했다.

"누나, 여기 있었어요?"

라나사가 다시 식사를 시작하려는 찰나, 어느 틈엔가 라피트가 씩 웃으며 나타났다.

"넌 지금 웃음이 나오냐?"

"하루 중에 가장 즐거운 식사 시간이잖아요."

기다리고 기다렸던 시간이니 웃음이 나는 건 당연한 일이었다.

"그 성적을 받아 놓고도 밥이 넘어가?"

"…보셨어요?"

"백부님께선 아무 말씀 안 하시니?"

"아버지야 포기하셨죠. 형이 알아서 잘하고 있잖아요."

"난 용납 못 해."

"예?"

"내 동생이 그따위 점수를 받아 놓고 이렇게 실실 쪼개 가면서 밥을 처먹고 있다는 걸 도저히 용납할 수 없다고."

"그, 그래서…… 요?"

그제야 라나사의 분위기가 심상치 않음을 감지한 듯 라 피트가 살짝 엉덩이를 들며 주위를 살폈다.

왠지 이대로 제 누님께 잡혔다가는 안 될 것 같다는 강한 예감이 들었다.

"앞으론 내가 관리할 거야."

"…뭘 해요?"

"네 성적 관리. 내가 한다고."

"아니, 왜요? 형도 안 하는 걸, 누나가 왜요!"

"로건이 안 하니까 나라도 해야지. 전공은 됐고, 교양 위 주로 손볼 테니까 각오해. 2학년에 올라가서도 지금 상태 면 진짜 너 죽는다."

주먹을 말아 쥐며 경고하는 모습이 예사롭지 않았다. 갑자기 입맛이 뚝 떨어진 라피트는 처음 각오와 달리 식사도 하는 둥 마는 둥 했다.

어떡하면 이 난관을 잘 헤쳐 나갈 수 있을까 연신 머리를 굴려 봤지만, 마땅한 대응책이 떠오르지 않아 울고만 싶었다.

요즘 느끼는 건데, 사촌 누나라는 건 상당히 피곤한 존재였다.

3.

"와아! 2학년 수석은 여기 다 모여 있네."

길고 긴 겨울 방학이 이제 얼마 남지 않았다. 기말고사를 무사히 끝낸 아카데미 학생들은 집으로 돌아갈 생각에 설레는 한편, 오랜 시간 친구들과 헤어져 지내야 하는 아쉬움도 달래야만 했다.

그리고 그건 슈빅도 마찬가지였다.

"인사라도 온 거냐?"

방과 후 광장에 앉아 일광욕을 즐기며 이런저런 대화를 나누고 있던 바울과 친구들은 슈빅이 또 무슨 소리를 하러 왔나 싶어 물끄러미 올려다보았다.

"그래! 방학 동안 나 보고 싶어서 울지 말라는 말 하려고 왔다. 너희는 어떻게 얼굴에 섭섭한 기색이 하나도 없냐?"

"그게 불만이야?"

"나 빼고 여기 모여서 니들끼리만 웃고 있는데, 그럼 기분이 좋겠냐? 너희 나 따돌려?"

"이 자식은 말이 왜 또 이렇게 삐딱해?"

에이단이 친구들을 향해 물었지만, 그들이라고 슈빅의 속을 알 리 만무했다.

"슈빅, 너 따돌림이 뭔지는 알고 하는 말이냐?"

"그럼! 지금 이런 상황! 서운한 내 기분! 이런 거 그 자체 잖아!"

"혹시 너, 방학하는 게 싫어?"

"…뭐?"

"우리랑 오랜 시간 떨어져 있을 생각 하니까 막 눈물 나고, 그래서 그러냐?"

에이단이 입가를 실룩이며 슈빅에게로 어슬렁어슬렁 다가갔다. 그것이 바율의 눈에는 꼭 먹이를 사냥하기 직전의 맹수 같아 보였다. 체구의 차이가 꽤 나는데도 불구하고 오히려 슈빅이 한없이 약자로 느껴졌다.

"난 겨울이 싫어."

돌연 슈빅이 우울한 목소리를 발하며 광장 바닥에 털썩

주저앉았다.

"추운 건 질색이란 말이야. 서핑도 못 하고."

"서핑?"

"어. 그게 내 유일한 낙인데."

"그러니까 너 지금…… 우리랑 헤어지는 게 문제가 아니라, 방학 동안 서핑도 못 하고 추위와 싸워야 하는 게 싫다는 거였냐?"

슈빅을 놀려 먹으려고 잔뜩 신이 나 있던 에이단은 김이 확 샜다. 녀석이 '으이그' 하며 슈빅의 어깨를 툭 치더니, 그 옆에 벌러덩 누웠다.

"가을 하늘이 이렇게 청명한데 곧 겨울이라니. 왠지 실감이 안 난다."

"여긴 남쪽이니까."

바율은 에이단을 따라 하늘을 올려다보며 해밀턴을 떠올렸다.

"그러고 보니 바율, 네 고향은 벌써 겨울이려나?"

"아마 눈도 내렸을걸?"

로건이 대신 답하며 라나사를 돌아보았다. 그녀는 시험도 다 끝났건만, 볕을 쬐며 역사서를 읽고 있었다. 두께가 상당한 게 무게가 제법 나갈 듯했다.

"라나사, 정말 괜찮겠어?"

"뭐가?"

라나사가 책을 펼친 상태로 느른한 시선을 들었다.

공식적으로 사촌 누나 동생 사이가 되었지만, 이미 오랜 시간 친구로 지내 왔기에 둘은 암묵적으로 평소처럼 지내고 있었다.

"해밀턴에 가는 거 말이야. 거기 진짜 춥거든."

"이미 끝난 얘기 아니었니?"

로건은 얼마 전부터 세이모어 백작과 합심해서 라나사에게 겨울 동안 본가에서 함께 지내자고 설득 중이었다.

그때마다 라피트는 아무 말 안 했지만, 속으로는 결사반대를 외쳐 댔다. 사촌 누나에게 시달리느라 녀석은 근래 피가 마른다는 느낌이 무엇인지 온몸으로 절실히 체감하고 있었다.

"작은어머니께서 말씀은 안 하셔도 지내기 힘드실 거야. 숙부님도 본가에 다녀가신 지 오래되었으니까, 이번 기회에 세 식구가 다 같이 오면 어떨까 싶은데."

"그건 가끔 방문하는 걸로 합의 봤잖아."

"아버지도 아버지지만, 어머니께서 많이 섭섭해하시는 눈치야. 여태 있는지도 몰랐던 새 식구의 존재를 이제야 알게 됐는데, 어떻게 제대로 밥 한번 먹지도 못하시냐면서."

그로 인해 세이모어 백작이 아내에게 들들 볶이고 있다

는 것까지는 차마 말하지 않았다. 기실 로건은 아버지의 특명을 받고 이 자리에 있는 것이었다.

"해밀턴이 그렇게 추위?"

추위라면 몸서리치게 싫은 슈빅이지만, 실상 그의 고향은 눈을 보기가 힘들 만큼 따뜻한 지역에 속했다. 그래서 로건이 이렇게까지 걱정하는 게 다소 이해가 안 갔다.

"네가 무슨 상상을 하든 그 이상일 거야."

"…그래?"

슈빅에게는 흥미를 불러일으키는 대답이었다. 간혹 '죽일 놈의 호기심'이 되고 마는 쓸데없는 감정이 갑자기 슈빅의 마음 한편에 똬리를 틀고 앉았다.

"어? 싱클레어! 싱클레어! 여기!"

그때 녀석의 눈에 절뚝거리며 걸어가는 싱클레어가 잡혔다. 무심코 돌아보던 그는 곧 반가운 기색으로 손을 흔들며 다가왔다.

"안 그래도 찾고 있었는데, 잘 됐다."

싱클레어는 친구들에게 대충 눈인사를 하고는 라나사에게 불쑥 봉투를 내밀었다.

"이게 뭐야?"

다시 책이나 읽으려던 라나사는 살짝 미간을 찡그린 채 고개를 들었다.

"전에 약속했던 보상금."

"아, 그 백지 수표?"

"응. 진작 줬어야 했는데 도통 틈이 안 나더라고. 늦어서 미안."

사실 이런 백지 수표쯤은 이제 라나사에게 있으나 마나였다. 보스트리지 남작가에서 받은 배상금만으로도 평생 놀고먹어도 사는 데 지장은 없을 것이기 때문이다. 재산의 규모가 어찌나 방대한지, 아직 서류 절차를 다 끝내지도 못했다고 들었다.

"싱클레어, 라나사는 이제 그런 거 필요 없어. 돈은 벌써 차고 넘친다고."

슈빅은 너도 참 타이밍 못 맞춘다고 중얼거리며 머리를 가로저었다.

그러나 그건 녀석의 착각이었다.

"내가 왜 필요가 없어?"

라나사가 보고 있던 책을 탁 소리 나게 덮으며 몸을 일으켰다.

"돈은 되도록 많을수록 좋은 거 아니니?"

"넌 이미 많잖아……."

"그러니까 '되도록'이라고 말하잖아."

"그건…… 그렇지."

라나사의 싸늘한 눈빛에 슈빅은 자신의 주둥이가 잘못했다며 비굴한 미소로 응답했다.

"줘, 받을게."

라나사는 싱클레어가 건넨 하얀 봉투를 책 사이에 끼워 넣었다.

"고마워."

"나야말로 고맙지. 내 목숨의 은인인데."

"좀 낯간지럽긴 한데, 어쨌든 내가 널 살린 건 맞으니까. 잘 쓸게."

라나사는 이미 머릿속으로 이 백지 수표를 어떻게 쓸 것인가에 대한 구상에 들어갔다. 전부터 생각하던 계획이 있었는데, 그걸 좀 더 빨리 실천에 옮길 수 있을 것 같았다.

"방학 때 해밀턴으로 간다면서? 거긴 여기와 달리 무척 추운 곳이니 감기 걸리지 않게 조심하고, 건강히 잘 있다가 돌아왔으면 좋겠다."

"싱클레어, 넌 해밀턴에 가 봤어?"

싱클레어가 해밀턴의 추위에 대해 얘기하자 슈빅은 잠시 잊고 있던 궁금증이 다시 밀려들었다. 그건 옆에 있던 바율도 마찬가지였다.

"해밀턴에 왔었어? 전혀 몰랐네."

"아니. 가 보지는 못했어."

싱클레어는 손을 저으며 해명했다.

"들은 거야. 우리나라에 제국군이 많이들 와 있잖아. 만월 기사단도 항시 주둔 중이고."

싱클레어의 조국은 십년전쟁의 발단이 된 데나리드 왕국이었다. 풍요롭고 부유한 환경에 비해 국력이 약한 그의 나라는 십년전쟁이 끝난 지금까지도 제국의 군대가 파병하여 도움을 주고 있었다.

"그래서 언젠가 한 번은 가 보고 싶어. 우리나라도 그리 추운 편은 아니거든."

"그럼 올래?"

"…응?"

"그러잖아도 친구들을 초대하려던 참이었거든."

바율의 갑작스러운 말에 싱클레어뿐 아니라 다들 어리둥절한 표정을 지었다.

"엄밀히 말하자면 해밀턴이 아니라 랑트로 초청하는 거야."

"랑트?"

바율에게서 랑트에 대해 미리 들어서 알고 있던 친구들은 바로 이해하고 고개를 주억인 반면, 슈빅과 싱클레어는 눈을 크게 떴다.

"해밀턴과 거의 붙어 있는 곳이야. 폐하께 하사받은 땅인데, 거길 개발했거든."

바율은 친절하게 랑트를 온천 도시로 만들었고, 이번 겨울부터 관광객을 유치할 거라는 설명을 덧붙였다.

"헐, 대박! 바율, 짱이다!"

멍하니 입을 벌린 채 바율의 이야기를 듣던 슈빅은 진심으로 대단하다는 듯 감탄했다.

"정령을 그런 식으로도 이용할 수 있는 거구나! 대체 그런 생각은 어떻게 했대? 역시 보통이 아니야."

"기념으로 너희 모두 초대할게. 내 친구들이니까 숙박도, 온천도 전부 공짜야."

"바율, 그건 당연한 거 아니었냐?"

"그러게. 너 설마 우리한테 돈 받으려고 했어?"

"와, 너 많이 변했다! 옛날에 순진했던 그 바율이 아니야."

"누구 덕에 수석 했는데, 이러면 안 되지!"

에이단과 일라이가 약속이라도 한 듯 어깨동무를 하더니 바율에게 다다다 쏘아붙였다. 예전이라면 그게 장난인 줄도 모르고 당황해서 수습하려고 기를 썼겠지만, 이제 바율도 그 정도 구분은 할 수 있었다.

"너희는 평생 무료야."

그리고 이렇게 한마디 말로 분위기를 완전히 무마시키는

능력도 갖추었다.

"너, 그 말 진짜지?"

"방금 평생이라고 했다?"

"오예! 이번 방학 때는 노동에서 해방이다!"

손바닥을 마주치며 좋아하는 에이단과 일라이를 뒤로하고, 바율이 퀸에게 물었다.

"퀸도 좋은 거지?"

"그 온천이란 곳에서 수영도 할 수 있나?"

"음, 깊은 곳에서는 가능할 거야."

"따뜻한 물속은 어떤 느낌일지 궁금하군."

퀸 역시 초대를 받아들이겠다는 의미였다.

"로건."

라나사의 부름에 로건이 말없이 그녀를 돌아보았다.

"아무래도 네가 생각을 바꿔야겠지?"

"……."

"나도 온천에 가고 싶거든. 백부님께 전해 드려. 이번 기회에 큰어머님 모시고 모두 놀러 오시라고. 그럼 같이 식사도 하고 온천욕도 하고, 좋지 않겠니?"

이제껏 열심히 설득시키는 중이라고 여겼거늘. 로건은 그 순간 깨달았다. 라나사는 처음부터 지금까지 본가에 올 생각이 조금도 없었다는 것을.

그걸 앞서 알았더라면 괜한 헛수고를 할 게 아니라, 진즉에 부모님을 모시고 해밀턴으로 가는 방향으로 노선을 틀었을 것이다.

쓸데없는 데 기운을 쏟은 것 같아 다소 기분이 상했지만, 로건은 아무 말 하지 않았다. 라나사는 애초부터 본인의 뜻을 숨기지 않았고, 친구처럼 말을 트고 지내고는 있지만 어쨌든 그에게는 누나였다. 세이모어가에서 서열은 매우 중요했다.

"바율, 정말 나도 가도 되는 거야?"

주저하며 묻는 싱클레어에게 바율은 언제든지 와도 좋다며 다시 한번 말했다.

"아, 나도 가고 싶다!"

"슈빅 너도 오라니까?"

"춥다며."

슈빅이라고 왜 가기 싫겠는가. 해밀턴은 무려 란데르트 공작 전하께서 계신 곳이었다. 하지만 추운 건 정말로 싫었다.

"난 더운 건 잘 참겠는데, 추운 건 정말 못 참겠어."

"온천에 들어가면 금방 따뜻해져."

"그전까지는 춥다는 소리잖아! 어우, 그걸 어떻게 견뎌! 차라리 용암 속으로 뛰어들고 말 거야."

'나도 갈게'라는 말이 목구멍까지 차올랐지만, 뭘 상상하든 그 이상일 거라던 로건의 경고가 자꾸만 발목을 잡았다. 가게 되면 반드시 후회하게 될 거란 강한 예감도 들었다.

"바율, 나는 그냥 여름에 초대해 주면 안 될까?"

"여름?"

"어! 해밀턴은 여름엔 되게 시원하다며."

"그래도 되겠어? 서핑은 못 할 텐데?"

"아, 그게 또 그러네."

해밀턴에는 엄청 가 보고 싶지만, 그렇다고 서핑을 포기할 순 없었다.

"으, 머리 아파."

두 가지 중 어느 것을 선택할지 슈빅은 심각한 고민에 빠졌다. 내년 여름에 생각해도 충분한 일을 미리부터 고심하는 녀석의 모습에 에이단이 끌끌 혀를 찼지만, 다행히 슈빅은 혼자만의 생각에 빠진 터라 알지 못했다.

"기대된다, 이번 겨울 방학."

싱클레어가 입가에 묘한 미소를 띤 채 바율을 향해 환한 표정을 지었다.

4.

"도련님!"

2학년 2학기 종업식을 끝내고 바율은 캐링스턴의 저택으로 돌아왔다. 그가 마차에서 내리자마자 여지없이 리타가 현관문을 박차고 뛰어나왔다.

하지만 이번에는 그녀보다 더 빠른 존재가 무려 여섯이나 있었으니, 재스퍼와 루비, 그리고 보석 사인방이었다.

아버지께서 황도로 바로 올라가시는 바람에 바율은 주말마다 녀석들과 함께 특별한 시간을 보낼 수 있었다.

워낙 사건 사고가 많은 학기였다. 그에 따라 처리해야 할일도 늘어났던 탓에 나름 스트레스가 쌓였었는데, 그나마녀석들 덕분에 이겨 냈다고 해도 과언이 아니었다.

"컹! 컹컹!"

바율의 주변을 뱅글뱅글 돌다가 앞다리를 들어 안겨 대는 재스퍼는 어릴 때나 지금이나 변한 게 별로 없었다.

그래서 더 좋았다.

언제나 한결같이 자신을 대해 주는 녀석이 있어서 바율은 힘들었던 과거 시절에도 버틸 수 있었다.

바율은 거의 바닥에 주저앉아 개들에게 몸을 내어 주다시피 하고 있었다. 얼굴이 금세 녀석들의 침으로 범벅이 되었지만, 입에서는 연신 웃음이 새어 나왔다.

"바율! 나도 있다고!"

그러던 와중이었다. 어디선가 획 바람이 불어오더니, 템페스타가 오랜만에 모습을 드러냈다.

허공에서 책상다리를 한 채 팔짱을 끼고 한껏 볼을 부풀리고 있는 게, '나 진짜 화났어' 하고 광고라도 하는 듯했다.

그러나 바율은 알고 있었다. 녀석은 정말로 화가 나면 이런 식으로 굴지 않는다. 태풍이라도 일으켜서 주위를 초토화했으면 했지, 이 정도는 그냥 자기 좀 봐 달라는 어리광이었다.

"우아, 우리 템페스타네! 이게 대체 얼마 만이야?"

바율은 부러 과장되게 반색하며 두 팔을 공중으로 뻗었다. 어서 와서 안기라는 뜻이었다. 녀석이 잠시 머뭇거리는가 싶더니 결국 스르륵 날아와 바율의 가슴에 머리를 묻었다.

"쳇, 맨날 우리는 뒷전이었으면서."

"컹! 컹컹컹!"

마치 소유권이라도 주장하듯 재스퍼가 짖어 댔지만, 템페스타는 전혀 비킬 의향이 없었다.

"야, 너네는 양심도 없냐! 바율 얼굴에 더러운 침이나 발라 놓았으면서 뭔 말이 그렇게 많아? 성질나면 확 다 날려 버리는 수가 있다!"

"크르릉!"

그러나 템페스타의 협박이 통할 재스퍼가 아니었다. 녀석이 어디 보통 가드견인가. 천하의 란데르트 공작도 한 수 접고 들어갈 만큼 만만치 않은 성격이었다.

템페스타의 반감을 대번에 인식한 재스퍼는 루비와 자식들을 뒤로 보내며 전투 자세를 취했다.

"와, 그간 내가 이리저리 데리고 다니면서 엄청 놀아 줬는데. 다 소용없구먼."

템페스타는 기가 찬다는 듯 재스퍼를 사납게 노려보았다. 녀석의 땋은 긴 머리카락이 바람에 불길하게 나부꼈다.

"재스퍼, 그만하고 들어가."

이럴 땐 무조건 템페스타의 편을 들어 줘야 했다. 바율의 엄한 명령에 재스퍼가 낑낑대며 뒷걸음질 치긴 했지만, 녀석은 곧 꼬리를 내리며 실내로 방향을 틀었다. 그 뒤를 루비와 자식들이 뒤따랐다.

"이제 됐지, 템페스타?"

"바율! 지금 내 편 들어 준 거야?"

역시 기뻐할 줄 알았다. 녀석이 조금 전 불쾌했던 상황은 전부 잊은 듯 신이 나서 날아다녔다.

"그간 신경 못 써 준 건 미안해. 일이 자꾸만 터져서 나도 정신이 없었거든."

몬스터 난입 사건에, 그 이후로는 라나사의 일 때문에 정령들을 챙길 여력 자체가 없었다. 그나마 녀석들이 상급으로 진급하면서 조금이라도 어른스러워져 망정이지, 이전이었다면 놀아 주지도 않는다면서 수십 번 난리를 치고도 남았다.

"이제 방학했으니까 종일 같이 있을 수 있어."

"정말?"

"그렇다니까. 그리고 올겨울엔 정령계에 대해서 더욱 자세히 알아볼 참이야."

"어떻게?"

"자세한 방법은 아직 모르겠지만, 일단 마족들에게 도와 달라고 해야지. 그들이 제일 많이 알고 있으니까."

천족이 등장했고, 그 천족이 정령계의 멸망과 깊은 연관이 있다는 사실은 이제 거의 확신에 가까웠다.

마황은 아직 때가 아니라며 말하길 꺼려했지만, 어쩌면 지금은 달라졌을 수도 있었다.

그를 믿으라던 어머니의 말씀 때문일까.

바율은 왠지 자신이 마족들과 엮인 게 우연이 아닐 거란 생각이 요즘 자주 들었다. 정령계를 복원하는 것은 무엇보다 중한 일이었고, 그것을 이루기 위해서는 많은 이들의 도움이 필요할지 모른다.

그리고 바율이 도움을 청한다면 마족들은 결코 모른 척하지 않을 것이다. 이미 그들 사이에는 무어라 정의할 수 없는 끈끈함이 닿아 있었다.

"그보다, 다른 정령들은?"

느껴지는 기운을 보면 근처에 있는 게 분명하다. 바율의 말이 끝나기가 무섭게 세 정령이 불쑥 앞으로 튀어나왔다.

이노센트와 스피넬, 그리고 셰임.

항시 그들이 옆에 있다는 걸 의식하고 있지만, 이렇듯 얼굴을 마주하자 새삼 반갑고 미안했다.

"이노센트, 그동안 물의 정원에서만 보내서 심심했지?"

"뭐, 조금?"

새침하게 대꾸하는 게, 역시 삐친 게 틀림없다. 며칠간 열심히 놀아 주면서 풀어 줘야겠다.

"스피넬은 거의 화덕에서 지냈다면서?"

"이곳엔 제가 거주할 만한 곳이 별로 없습니다."

"알아. 곧 해밀턴에 갈 거니까, 조금만 참아 줘."

고향에는 스피넬이 좋아하는 화산 지대가 있었다. 황제의 명이 떨어지기 전까지는 아직 시간이 있으니, 당분간은 용암 속에서 마음껏 지낼 수 있을 것이다.

"셰임은 못 본 사이에 왠지 더 멋있어진 느낌입니다."

바율의 칭찬에 셰임의 잘생긴 얼굴이 슬며시 밑으로 향했다. 탄탄한 근육질에 눈에 확 띄는 미청년의 모습을 하고 여전히 수줍어하는 셰임을 볼 때마다 바율은 귀여운 한편, 더 놀리고 싶은 충동이 생기곤 했다.

하지만 그랬다가 옛날처럼 또 숨어 버리기라도 하면 곤란하다. 이렇게 셰임과 대면하고 있다는 게 바율은 새삼 실감이 안 갔다.

"그런데 리타, 데스랑 형제들이 안 보이네?"

회포를 풀다 보니 데스 형제가 마중도 나오지 않았다는 것을 너무 늦게 깨달았다. 그러고 보니 이언과 맥도 보이지 않았다.

"이언 경께서는 해밀턴에 싣고 갈 물품들을 챙기시느라고 바쁘세요. 도련님이 도착하실 때까지는 돌아오시겠다고 하셨는데, 생각보다 시간이 제법 걸리는 모양이에요. 아, 맥 보좌관님도 같이 가셨어요."

"아, 데스도 그럼 짐꾼으로 갔나 보지?"

"아니요. 짐꾼으로는 아고스가 대신 갔어요."

"그래?"

"네, 완전 가기 싫은데 억지로요."

리타의 말투가 어쩐지 의미심장했다. 무슨 일인지 빨리

확인하기 위해 바율은 서둘러 안으로 들어갔고, 곧 그 이유를 알아차렸다.

"이거 진짜 바르, 네놈이 한 거 맞아?"

"폐하! 정말이라니까요! 좀 믿어 주세요!"

"네 녀석이 한 게 이렇게 맛있을 리가 없잖아. 난 인정 못 하겠어."

"바르 형님께서 아주 이따금 제대로 맛을 내기도 한답니다, 폐하."

아몬이 구구절절 설명해 주지 않았더라면 마황은 절대로 믿지 못했을 터였다. 리타의 실력에 비하면 맛이 다소 떨어지긴 하나, 이제껏 먹던 것과는 과연 천지 차이였다.

"바르, 다시 요리에 성공하신 거예요?"

"네, 도련님! 도련님도 와서 얼른 드셔 보세요!"

바르가 신이 나서 손수 의자까지 빼 주며 바율을 앉혔다. 데스는 바율과 눈도 마주치지 않고 오로지 먹는 데만 집중하고 있었다.

"데스, 신탁 내리지 마세요."

"뭐? 너 그거 어떻게 알았어?"

"표정에서 다 티 나거든요?"

"……."

"그놈의 신탁 때문에 제 신상이 엄청 꼬였던 건 아시죠? 다시 또 그런 일이 벌어지면, 저 정말 참지 않습니다."

"…네가 참지 않으면 어쩔 건데?"

"힘없는 제가 마신을 상대로 뭘 할 수 있겠습니까? 대신!"

"대, 대신 뭐?"

"이미 짐작하고 계실 텐데요."

"…알겠으니까 이르지 마."

"네. 약속 꼭 지키세요?"

"속고만 살았어? 난 한 번 뱉은 말은 지켜."

리타가 신전에서 봉사 활동을 하기로 결정한 날, 바율과 데스 간에 몰래 오고 갔던 대화였다. 솔직히 그냥 설마 싶어서 찔러본 거였는데, 데스가 진짜로 신탁을 내리려 했다는 걸 알고 속으로 깜짝 놀랐었다.

그대로 방치했더라면 얼마나 끔찍한 일이 기다리고 있었을까. 바율은 그걸 상상하는 것만으로도 부르르 몸이 떨렸다.

"근데요, 도련님."

바율이 막 바르의 음식을 입으로 가져가려는데, 바르가

왜인지 간절한 눈빛으로 그를 바라보았다.

"저, 해밀턴에 안 가면 안 되나요?"

"예?"

"해밀턴에 가면 틀림없이 다시 음식 맛이 이상해질 거란 말입니다. 저는 또다시 그런 좌절을 겪고 싶지 않습니다."

간신히 먹을 만한 음식을 만들어 내면 뭐 한단 말인가. 어디를 갔다 오기만 하면 망할 음식 솜씨가 처음으로 되돌아가는데. 이 기이한 현상에 바르는 정말이지 진저리가 났다.

거기에 두 형님이란 작자들은 틈만 나면 팔을 자르겠다고 위협을 해 대니, 바르는 아예 분신자살이라도 하고 싶은 심정이었다.

"어쩌죠. 바르에겐 미안하지만, 해밀턴은 꼭 가야만 해서요. 랑트도 살펴봐야 하거든요. 그리고 이번에는 다를 수도 있잖아요. 너무 미리부터 걱정하지 마세요."

예전에는 흥분해서 '이것도 먹어라', '저것도 먹어라' 하기 바빴던 바르가 이렇게까지 뒷일을 염려하고 있다는 건, 꽤 힘들다는 뜻이리라.

그동안은 그의 요리 실력이 다시 저하되는 것에 별로 깊은 관심이 없었는데, 아무래도 직접 나서서 그 이유를 밝혀야 할 때가 온 것 같았다.

"참, 여기 편지입니다."

바르가 시무룩해져서는 웬 봉투를 넘겼다. 요리하느라 정신이 없었을 텐데도, 은근 세심한 구석이 있었다.

"어? 근데 이건 산스카인어 아닌가요?"

편지 봉투에 쓰인 지렁이가 기어가는 듯한 글씨체가 눈에 익었다. 제일 처음 든 의문은 대체 누가 바율에게 산스카인어로 편지를 써서 보냈냐는 것이었다.

"네. 발신인은 적혀 있지 않은데, 보낸 장소가 정화의 숲이던데요?"

"정화의…… 숲이요?"

바율은 순간 벼락이라도 맞은 듯했다.

위대한 길을 향한 안내서.

분명 그 책에 쓰여 있던 장소였기 때문이다. 그 숲에 살던 이가 작성한 책이 바로 '위대한 길을 향한 안내서'였다.

게다가 산스카인어는 고대 엘프들이 사용하던 문어로, 간단히 엘프어라고도 불렀다. 지금은 거의 사장된 언어였다.

"잠깐만요. 근데 바르는 이 산스카인어를 알아본 겁니까? 이거 읽을 줄 아세요? 엘프들도 배우는데 10년이 넘게 걸린다고 들었는데요."

"우리가 산 세월이 얼만데 그깟 언어 하나 못 읽겠어?"

조용히 먹고만 있던 데스가 눈을 흘기며 끼어들었다. 잠시 멍해 있던 바율은 재빨리 봉투를 열어 데스에게 건넸다.

"읽어 주세요."

"지금?"

"네!"

뭔지는 모르겠지만, 왠지 중요한 편지 같았다.

"엘프는 이제 볼 수 없는 종족이잖아요. 마지막으로 엘프를 봤다는 기록이 수백 년 전이라고 알고 있어요. 근데 그런 그들이 왜 저한테 편지를 보냈을까요?"

"난 알 것 같은데."

마황이 커다란 고기를 한입에 쏙 넣으며 고상하게 씹었다.

"알면 말씀해 주세요."

"맨입으로?"

"…마계로 돌아가실 때가 한참 전에 지나지 않았던가요?"

"와, 치사하게 그걸 물고 늘어져?"

"거래는 거래니까요."

물론 그를 보낼 생각 따위는 전혀 없었다. 하지만 바율에게도 별다른 수가 없었다. 정령계에 홀로 계신 어머니를 위해서라도 세게 나가야 했다.

"데스, 읽어 봐."

마황은 귀찮다는 듯 손을 휘젓더니 고기를 한 점 더 입으로 가져갔다.

"네가 읽어."

데스 역시 귀찮았는지 편지를 도로 바르에게 넘겼다.

"그럼 읽겠습니다."

친애하는 바율 님께.

찾아뵙기 전에 방문부터 알리는 것이 예의일 것 같아 이렇게 편지를 씁니다.

저는 정화의 숲 지킴이 가르디엥이라고 합니다.

긴히 드릴 말씀이 있어, 실례를 무릅쓰고 바율 님을 찾아가려 합니다.

부디 만남을 거절하지 말아 주십시오.

정령계가 멸망한 이유에 대해 궁금하시다면 말입니다.

곧 다시 뵙겠습니다.

"…제가 맞게 이해한 건가요? 이건 마치 정령계가 멸망한 이유를 알고 있다는 뜻 같은데요? 사기를 치려는 걸까요?"

너무 믿기지가 않으니 바율은 상대가 사기꾼인가 싶었다.

"정화의 숲에서 날아온 산스카인어로 된 편지라면, 적어도 정령에 관해서는 사기가 아닐 거야."

"…그렇게 말씀하시는 이유는요?"

"정령계가 멸망하기 전, 가장 밀접한 관계를 유지하던 이들이 엘프족이니까."

그들이 정령과 밀접한 관계였다고요?

처음 듣는 이야기에 바율이 눈만 끔벅거릴 때, 데스의 나지막한 음성이 날아와 꽂혔다.

"아마 그쪽에도 태고의 신물이 하나 있었지?"

Chapter 9.
집에 오다

1.

얼마간 정차되어 있던 기차가 다시금 출발했다. 이제 이 철로의 끝에 남은 역은 딱 하나, 북부 제일의 도시 해밀턴 이었다.

그곳에서 나고 자란 바율에겐 익숙하다 못해 친숙한 장 소지만, 라나사에게는 생애 처음 밟아 보는 낯선 땅이었 다.

한겨울엔 입김마저 얼어붙는다는 얼음의 대지. 그 도시 에서 그녀의 부모님이 라나사를 기다리고 있었다.

방학 때 돌아갈 안전한 집이 있다는 건 라나사에겐 굉장 히 생소한 경험이었다.

그래서일까.

그녀는 답지 않게 기분이 들뜨기도 하고, 내심 설레기도 했다. 엄마와 친부를 다시 만나면 첫인사를 뭐라고 해야 하나 남몰래 고심하기도 했다.

20여 년 만에 재회한 부모님은 과연 어떤 식으로 살고 계실지, 아직도 여전히 서로를 사랑하는지, 별다른 문제가 생기지는 않았는지 등 쓸데없는 생각이 자꾸만 머릿속을 헤집었다.

지난 이틀은 정말로 그러한 것들 때문에 다른 데 신경 쓸 겨를이 없었다. 덕분에 이상한 낌새를 조금도 느끼지 못했다.

하지만 사흘째가 된 오늘. 라나사는 차차 안정을 찾았고, 이 무리의 균형이 무언가 기형적이라는 사실을 발견했다.

크리스, 데스, 바르, 아몬, 아고스.

차례대로 이름을 나열하면 이러했다.

생김새도 각기 다른 그들이 형제라는 것도 믿기 어려울 판에, 그보다 기묘한 건 그들을 대하는 만월 기사단의 태도였다. 헤이즈 경을 위시한 만월 기사단은 아카데미가 방학에 들어가면서 자연스레 함께 해밀턴으로 복귀 중이었다.

바율에게 들은 바로 첫째인 크리스는 그의 개인 교사였다. 둘째 데스는 하인으로 위장한 호위 기사이고, 그 밑의 동생들은 각기 요리사, 정원사, 짐꾼이라고 소개했다.

남의 집 일을 하기에는 전혀 어울리지 않는 생김새였지만, 바율이 그렇다고 하니 그런가 보다 했다. 형제가 다소 특이한 조합이라 여기며 넘긴 것이다.

그런데 점심을 먹기 위해 식당 칸으로 자리를 옮겼을 때, 라나사는 만월 기사단이 그들을 엄청나게 의식하고 있음을 알아차렸다. 마치 심기가 상하지 않도록 조심하는 것 같았다고 해야 할까.

그나마 이언 경과 헤이즈 경은 담담해 보였으나, 그 외 다른 단원들은 정녕 그랬다. 바율의 보좌관이라는 맥도 사정은 비슷했다.

정도가 심한 이는 그들이 음식을 집어 먹으며 무어라 투덜거릴 때마다 움찔 몸을 떨기도 했다. 그런 모습들은 아주 찰나라서, 눈여겨보지 않았으면 결코 눈치채지 못했을 것이다.

세라리카 사건이 있고 난 뒤, 란데르트 공작은 편의상 꼭 알아야 할 만월 기사단원들에게 마족들의 정체에 대해 밝힌 바 있었다. 물론 함구령 또한 같이 내려졌다.

'뭐지?'

분명 존대를 하는 쪽은 형제들이었다. 바율의 개인 선생 크리스와 호위 기사인 데스를 빼고는 말투며 태도가 대단히 깍듯하기도 했다.

하지만 만월 기사단의 단원들은 하인일 뿐인 그들이 통로를 지나가기만 해도 긴장했다. 예전이라면 절대 느끼지 못했겠지만, 얼마 전 오러를 구현하게 되면서 감각이 예민해진 라나사는 그런 것들이 확연히 보였다.

기차라는 장소 특성상 공간이 협소하고 한정적이었기에 상황을 간파하기가 더욱 쉬웠다.

라나사가 고개를 갸웃거린 것은 그때부터였다.

사실 일전에도 기이하긴 했었다. 노예 상인의 윗선을 잡기 위해 도르하에 갔을 때, 크리스란 자의 몇 마디 말로 술집 안으로 쉽게 침투할 수 있었다. 당시에는 그냥 별 관심이 가지 않아 마법이라 치부하며 넘어갔었는데, 이젠 호기심이 동했다.

그녀의 본능이 속삭였다. 그들은 결코 단순한 하인이 아닐 거라고.

이언 경과 헤이즈 경도 긴장은 하지 않지만, 어딘지 모르게 그들에 대한 예우가 남달랐다.

물론 예외가 있기는 했다.

"하얀 아저씨, 이번에는 영주님께 예의 똑바로 갖추세

요. 또다시 호칭 제대로 안 하고 무례하게 굴었다간 해밀턴에서 있는 내내 빵 쪼가리만 먹게 될 거예요. 아시겠어요?"

"그럼, 그럼. 누구 말인데. 잘 들어야지."

"데스 씨는 호수에 아줌마 애플파이 좀 작작 드시고요. 성내 식구들이 얼마나 성화를 부리는지 아세요? 데스 씨 형제들만 오면 먹을 게 남아나질 않는다고 저를 아주 들들 볶는다고요. 적당히 좀 먹어요. 네?"

"…최대한 참아 볼게."

"그리고 바르, 아직도 걱정 중이에요? 덩치는 산만 해서 뭐가 그렇게 겁이 많아요? 까짓, 음식 맛이 되돌아가면 다시 또 열심히 배우면 되잖아요. 이제는 화 안 낼 거라니까요?"

"진짜로…… 화 안 내실 겁니까?"

"나 못 믿어요?"

"스승님은 믿지만…… 형님들이……."

바르가 힐긋 옆을 살피자 리타가 눈을 치뜨며 경고했다.

"미리 얘기하는데, 바르 구박하면 저 가만히 안 있어요. 자꾸 뭐라고 하니까 음식이 더 안 느는 거라고요! 내 제자는 나만 뭐라고 할 수 있어요!"

"스승님……."

감격해서 울먹거리는 바르를 잠시 한심하게 쳐다보던 리타가 이번에는 아몬과 아고스에게 말했다.

"아몬은 성내 비치된 화분에는 손도 대지 마세요. 어차피 겨울이라서 정원은 무사할 테니, 화분이라도 지키자고요. 간밤에 작품이 떠올랐다고 멋대로 굴었다간, 아시죠? 끔찍한 결말이 기다리고 있을 거예요."

"네, 리타 양. 명심하겠습니다."

"아무튼 대답은 잘하지들. 아고스는 제발 다른 하인들이랑 싸우지 좀 마시고요. 형들한테는 아무 말도 못 하면서, 왜 그렇게 본성에만 가면 싸움닭처럼 굴어요? 또 그러면 진짜 쫓아냅니다!"

가끔 서열 꼴찌의 울분을 터뜨린다는 게 과할 때가 있었다. 아고스는 열렬히 고개를 끄떡이며 다시는 싸우지 않겠노라 약조했다.

리타는 이후로 한 번 더 철저하게 다짐을 받아 내고서야 표정을 풀더니 의자에 푹 기대앉았다.

"내가 꼭 무슨 애를 키우는 기분이라니까."

홀로 나직하게 중얼거리는 리타는 진정 피곤해 보였다.

라나사는 이전에 리타를 두어 번 본 적이 있었다. 바율을 어릴 때부터 수발했다는 그녀는 외견상으로 특별한 구석이 없는 소녀였다.

바율이 리타를 하녀라기보다 여동생처럼 대하는 게 약간 특이하다면 특이한 점이었지만, 녀석의 성격을 생각하면 충분히 그럴 수 있었다.

하지만 그뿐이었다.

누가 봐도 리타는 평범한 소녀, 그 이상 그 이하도 아니었다.

그런데 만월 기사단조차 긴장하게 만드는 형제들이 왜들 저렇게 등신처럼 구는 것일까.

라나사의 고찰은 거기에서부터 비롯된 것이었다. 틀림없이 자신이 모르는 무언가가 있는데, 도통 그게 뭔지 감이 오질 않았다.

신분에 걸맞지 않은 위압감을 풀풀 풍겨 대는 다섯 형제와 그런 그들을 한마디 말로 쉽게 제압하는 소녀.

평소라면 전혀 궁금해하지 않았을 게 눈에 걸리는 이유는 아마도 그들의 눈치를 보는 게 다름 아닌 만월 기사단이기 때문일 터였다.

만월 기사단은 친부가 속한 기사단이기 전에 라나사가 들어가길 꿈꾸던 곳이다. 그녀가 세이모어가의 사람이 되었다고 해도 그 꿈은 변하지 않았다.

'대체 정체가 뭐지?'

형제들과 리타를 향한 라나사의 눈매가 좁아졌다. 마음

같아선 바율에게 따로 물어보고 싶은 심정이었지만, 녀석은 며칠째 거의 말이 없었다.

새로운 고민거리라도 생겼는지, 기차에서 만난 첫날부터 분위기가 꽤 심각했다. 간혹 대화를 주고받을 때도 있긴 했지만, 바율은 주로 창틈에 팔을 얹어 턱을 괸 채 바깥 풍경만 응시했다.

생각이 다른 데에 가 있는 상대에게 말을 붙이는 취미는 라나사에게도 없었기에, 실내는 사흘간 고요하다시피 했다.

'답답해.'

한편, 오래도록 기차에만 머물렀던 탓인지 바율은 심히 갑갑함을 느꼈다. 머리에는 온통 정화의 숲에서 날아온 편지에 대한 잡념으로 가득했다.

정령계가 멸망한 이유가 무엇인지, 가르디엥이라는 자는 자신을 어떻게 찾아온다는 것인지, 태고의 신물이 엘프들에게 진짜 있는 것인지. 계속 그런 여러 가지 질문들이 반복적으로 떠올라 그를 괴롭혔다.

마황에게 이제라도 얘기해 줄 것을 요구했지만, 그는 가르디엥에게 직접 듣는 것이 더 좋을 것 같다며 은근슬쩍 답변을 피했다.

'더워······.'

한참을 미동도 없이 골몰했더니 열이 올랐다. 해밀턴으로 간다고 옷을 너무 껴입어서 그런 모양이었다.

쑤아앙!

별안간 기차 안에 바람이 분 것은 그때였다.

"엄마아!"

놀란 리타가 펄럭이는 치맛자락을 급히 누르며 비명을 질렀다. 라나사 역시 손으로 치마를 잡았지만, 소리를 내지는 않았다. 그저 놀란 눈으로 바율을 쳐다보았다.

"컹컹!"

"컹컹컹컹!"

열차 구석에서 엎드려 자고 있던 재스퍼와 보석 사인방이 퉁기듯 일어나며 허공에 대고 몇 차례 짖어 댔다.

"왜 그래?"

"도련님, 무슨 일이십니까?"

데스가 이맛살을 찌푸리며 바율에게 물었고, 이언이 서둘러 다가왔다. 이런 공간에서 갑자기 바람을 일으킬 수 있는 건 한 명뿐이었기 때문이다.

"혹시 템페스타입니까?"

템페스타의 심술과 장난에는 다들 이골이 나 있기에, 가장 먼저 의심의 대상이 될 수밖에 없었다.

"아, 이언 경. 미안해요. 녀석이 아니라 접니다."

혼자만의 생각에 빠져 있던 바율은 퍼뜩 정신을 차리며 사과했다.

템페스타가 주변에 없어서 다행이었다. 녀석이 들었더라면 억울하다고 난리를 피우고도 남았다.

"몸에 열이 좀 올라서 저도 모르게 그만……."

"그 말은, 순전히 더워서 바람을 일으켰다는 뜻이야?"

"응, 라나사. 미안."

"그걸 생각만으로 했다는 거지, 지금?"

"…어, 그게 그렇게 되나?"

"난 네가 말하는 걸 못 들었거든."

라나사는 진심으로 놀라는 중이었다. 바율이 정령사란 사실도, 녀석이 얼마나 대단한 일을 많이 했는지도 알고는 있었다. 하지만 방금과 같은 상황은 처음 봤다.

가벼운 생각만으로도 자연을 자유자재로 다룰 수 있다니. 새삼 대단한 녀석이라는 걸 다시 한번 깨닫는다.

"앞으로는 주의할게."

라나사가 뭐라고 하는 것도 아닌데, 바율은 목덜미를 긁으며 어색하게 웃었다. 그들은 지금 제국에서 제일 춥다는 도시로 향하는 중이었고, 라나사와 리타는 하마터면 속치마가 드러날 뻔했다.

바율은 그에 대한 미안함 때문에 사과한 거였는데, 정작 당사자들은 놀라느라 그런 생각은 전혀 하지 못했다. 이언도 별일 아니라는 것에 안도의 한숨을 내쉬며 자리로 돌아갔다.

"바율, 무슨 고민 있니?"

놀라움도 잠시, 라나사는 결국 참지 못하고 먼저 물었다.

"첫날부터 표정이 별로던데, 나한테는 말하지 못할 비밀이야?"

"어? 아니, 그런 건 아니야. 그냥 생각을 좀 정리한다는 게 그렇게 보였나 봐."

"네가 날 도왔듯이 나도 언제든 널 돕고 싶어. 물론 네가 원한다면."

"말만이라도 고맙네."

바율은 진심이었다. 라나사와는 근래 들어 부쩍 가까워졌다. 그녀에게 어디서부터 어디까지 털어놔야 할까. 곰곰이 되새겨 보니, 아직 말하지 않은 것들이 수두룩하다. 거기엔 마족 형제들도 포함이었다.

"그런데 지금 얘기하기엔 시간이 부족할 것 같아."

"시간?"

"응, 이제 막 도착했거든."

바율이 보라는 듯 우측 창가를 턱짓하자, 그게 마치 신호라도 된 양 기차가 덜컹거리며 정지했다. 그리고 살짝 성에가 낀 유리창 너머로 마법처럼 아이작과 클로에의 모습이 시야에 들어왔다.

언제부터 나와 있었던 걸까. 둘은 나란히 콧등이 새빨갰다.

왜인지 라나사는 돌연 가슴이 찡해졌다.

그게 부모가 함께 있는 걸 봐서인지, 아니면 그들이 자신을 오래도록 기다렸을 것을 상상해서인지 정확한 이유는 알 수 없었다. 그냥 저도 모르게 마음속 어딘가가 시큰해졌다.

"얼른 나가자."

라나사가 움직이질 않자 바율이 손을 뻗었다. 그녀는 홀린 듯 그 손을 잡고 천천히 기차에서 내렸다.

하얀 눈발이 공중에 나부끼고 있었다. 꽁꽁 언 땅에 발을 딛자 라나사는 기분이 이상했다.

분명 처음 오는 곳인데, 드디어 집에 도착한 것 같았다.

2.

해밀턴의 본성에서 오랜만에 큰 잔치가 벌어졌다. 특별

한 이유가 있어서는 아니었고, 본격적인 추위가 기승을 부리기 전에 다 같이 모여서 식사나 하자는 취지였다.

성의 주인인 란데르트 공작과 바율은 물론, 리암과 릴리스, 만월 기사단 전원과 이제는 세 식구가 된 라나사의 가족도 초대되었다.

거기에 마족 형제들과 사대 정령, 재스퍼와 녀석의 처자식들까지 더하니 식당 홀은 그야말로 빈 곳을 찾으려야 찾아볼 수 없을 정도로 빼곡했다.

커닝 집사는 잠깐의 숨 돌릴 틈도 없이 고용인들에게 바로바로 지시를 내렸다. 단언하건대 그가 란데르트가의 집사로 일하는 동안 본성이 이렇게까지 많은 손님으로 북적이는 것은 결단코 처음이었다.

제 주인은 번잡한 것이라면 질색을 하는 분이라서 이제껏 파티 한 번을 열어 본 적이 없었다. 물론 성에 안주인이 계시지 않다는 것과 황도의 공작저에서 지내시는 시간이 길다는 명분이 있긴 했다.

하지만 살아 있는 전설의 성지인 해밀턴을 방문하길 원하는 귀족들은 많기만 했고, 그들은 매년 분기마다 끊임없이 본성의 문을 두드리는 편지를 보내왔다.

당연히 주인님께선 바쁘다는 것을 핑계로 전부 거절하셨다. 나중에는 그 답신을 하시는 것마저 무척 귀찮아하셔서 언젠가부터 그 일은 커닝 집사 본인의 업무 중 하나가 되었다.

어쨌든 그러한 연유로 커닝 집사는 현재 매우 정신이 없는 상태였다. 평소엔 꽤 능력을 인정받아 왔지만, 익숙하지 않은 상황 때문인지 행여 실수를 할까 싶어 긴장이 풀리지 않았다.

그는 제 곁에 세심한 조아나 집사가 있다는 게 오늘처럼 다행이라 생각한 적이 없었다.

그리고 또 한 사람. 아니, 또 한 정령.

템페스타의 존재가 커닝 집사는 무엇보다 기쁘고 반가웠다.

"템페스타, 여기! 이쪽으로!"

만월 기사단 전원이 참석한 덕분에 식당 홀에는 음식과 포도주가 끊임없이 비워지고 채워지길 반복하고 있었다. 몸을 쓰는 기사들은 으레 먹는 양이 상당했고, 지금처럼 식탐을 마음껏 충족시킬 기회는 많지 않았다.

단장인 란데르트 공작이 코가 삐뚤어지도록 마셔도 괜찮다고 허락해 주는 날 또한 드문 편이었다. 다들 이런 순간이 오길 바라 왔는지, 경쟁이라도 하듯 요깃거리들과 술을 입으로 쑤셔 넣기에 급급했다.

쉬이이익.

사라락.

그때, 작금의 계절과는 어울리지 않는 산뜻한 바람이 실내를 크게 한 바퀴 휘감았다. 그러자 빈 접시가 붕 떠올라 허공을 길 삼아 부엌을 향해 일렬로 이동했다. 접시가 있던 자리에는 어느덧 김이 모락모락 오르는 새로운 요리가 놓여 있었다.

"역시 정령은 바람이지!"

"템페스타, 최고다! 최고!"

기다란 탁자의 중앙. 그곳의 공중에서 템페스타가 마치 망이라도 보듯 밑을 내려다보고 있다가 음식이 비면 재빨리 새로운 것으로 교체한다. 그러면 약속이라도 한 듯 만월 기사단 단원들이 소리를 지르며 템페스타를 찬양했다.

성내 식구들이 아무리 부지런히 움직인다고 해도 템페스타보다는 느릴 수밖에 없었다. 그들도 일하느라 바빠서 말을 못 해 그렇지, 퍽 고마워하는 눈치였다.

"훗, 뭘 이 정도 가지고."

녀석이 우쭐대는 모습이 멀리 떨어져 있는 바율의 눈에도 고스란히 들어왔다. 처음엔 호슈에 아줌마와 리타를 도와주겠다는 가벼운 마음으로 시작했던 것이, 만월 기사단의 호응으로 인해 약간 변질되었다. 이러나저러나 결과적으로 큰 보탬이 되고 있으니 그리 나쁜 결말은 아니었다.

"템페스타, 맥주 한 통!"

"한 통을 누구 코에 붙여! 템페스타면 다섯 통도 그냥 한 방에 후루룩이지!"

예기치 않게 템페스타의 인기가 급상승하는 순간이었다.

못마땅해하는 건 마황과 데스가 유일했다. 나오는 음식을 제일 먼저 먹겠다고 주방과 가장 가까운 곳에 자리까지 잡았건만, 다 부질없는 짓이 되고 말았다.

마음 같아서는 당장이라도 저 망할 녀석을 끌어내리고 싶었지만, 그랬다간 리타에게 혼이 날 게 뻔했다.

결국 둘은 가까스로 분을 삭이며 얌전히 앉아 먹는 데 집중할 뿐이었다.

"참, 바율. 수석 했다면서?"

한참을 신기하다는 듯 템페스타를 바라보던 릴리스가 기특한 눈빛으로 말을 걸었다.

"축하해. 너라면 틀림없이 잘 해낼 줄 알았어."

"고마워, 누나. 운이 좋았지, 뭐."

아카데미에서부터 수십 번도 더 들었던 얘기인데, 바율은 그럴 때마다 쑥스러운 기분이 들었다. 왠지 다음번 시험에도 수석을 해야 할 것만 같은 압박감도 생겼다.

"큰아버지도 좋으시죠?"

"좋으시다 뿐이겠습니까? 바율 도련님이 도착하시기 전

부터 입이 아주 귀에 걸려 계셨습니다."

릴리스의 물음에 사다드가 냉큼 끼어들며 답변을 가로챘다.

"바율이 도착하기 전부터요? 어떻게 아시고요?"

"이언 선배가 미리 서찰을 보낸 덕분이지요."

"아, 이언 경께서……."

바율도 몰랐던 사실이었다. 성에 당도하자마자 리타가 내내 떠들고 다녔기에 당연히 그때 알게 되신 거라 여겼다.

"도련님의 첫 수석 소식을 조금이라도 빨리 알려 드리고 싶었습니다."

표현하지는 않았지만, 이언도 리타만큼이나 바율의 첫 수석이 자랑스러웠다. 그래서 그답지 않게 약간 흥분해서 편지를 썼던 것 같다.

"바율, 장하구나. 이래저래 공부할 시간도 많지 않았을 텐데 수석까지 하다니. 형님도 형님이지만, 나도 참 기쁘다."

"저도 축하드립니다! 바율 도련님 덕분에 요즘 몹시 살만해졌거든요."

"도련님, 감축드립니다!"

"내년에도 꼭 수석 해 주십시오!"

"도련님만 믿겠습니다!"

리암의 축하에 이어 만월 기사단 단원들이 바율을 향해 외쳐 댔다. 그에 바율이 영문을 모르겠다는 표정을 짓자 사다드가 웃음을 참으며 설명했다.

"근래 훈련 강도가 낮아졌습니다."

"네? 그게 무슨……?"

"실은, 공작 전하께서 황도에서 돌아오시자마자 단원들을 좀 강하게 굴리셨거든요. 그런데 도련님의 수석 소식을 들으시곤 기분이 좋아지셨는지……."

"사다드."

란데르트 공작이 포도주가 담긴 잔을 탁자에 내려놓으며 사다드를 지그시 응시했다. 그 시선이 의미하는 바는 하나였다.

조용히 입을 다물라는 것.

"아하하, 제가 그새 과음을 했나 봅니다. 공작 전하의 얼굴이 둘로 보이니 말입니다."

방금까지 발음도 정확하게 멀쩡히 말해 놓고 사다드가 갑자기 엉뚱한 소리를 해 댔다. 몸을 앞뒤로 흔들어가며 취한 척 연기까지 하기 시작했다.

"사다드가 틀린 말을 한 것도 아닌데, 뭘 그렇게 부끄러워하십니까?"

지금껏 잠잠하던 아이작이 입을 연 것은 그때였다. 이런 연회에 참석하는 것부터가 의외였던 그는 아까부터 줄곧 음식을 클로에와 라나사의 접시로 퍼 나르고 있었다.

"솔직히 바율이 수석 해서 기쁘시잖아요. 훈련 도중 피식피식 웃으시는 거 다 봤습니다."

"…나보다는 지금 자네 얼굴이 더 그런 상태인 것 같은데?"

"제가요?"

평소 어둑하고 음침하기만 하던 아이작의 얼굴이 아니었다. 이전의 그를 모르는 사람이 보았다면 원래가 이토록 밝은 성격인가 보다 하고 착각할 만큼 신수가 아주 훤했다.

"그렇게 좋으십니까?"

헤이즈가 묻자 아이작이 일 초도 망설이지 않고 대꾸했다.

"당연하지. 내 옆에 이렇게 클로에와 라나사가 있는데, 어떻게 안 좋을 수가 있겠어?"

아이작은 보란 듯이 고기 한 점을 포크로 찍어 클로에의 입에 먹여 주었다. 그녀가 처음에는 민망한 듯 고개를 저으며 거부했지만, 아이작의 집요함을 피할 수는 없었다.

라나사는 한숨이 새어 나오는 것을 겨우 참는 중이었다. 집에 온 첫날부터 지금까지 매일 보는 모습이었기에 그리 새삼스럽지도 않았다. 기차에서 그녀가 했던 걱정들이 무색할 지경이었다.

"선배, 원래 이런 성격이셨습니까?"

헤이즈는 저도 모르게 미간을 찌푸리고 있었다. 사내가 제 여인을 챙겨 주는 게 이상한 것은 아니지만, 그걸 다름 아닌 아이작이 하고 있으니 뭔가 괴리감이 느껴졌다.

"너도 연애 중이잖아. 뭘 물어."

아이작은 헤이즈를 보지도 않고 대답하며 라나사에게도 고기를 잘라 주었다. 생각지도 못한 반격에 헤이즈의 귓불이 붉게 달아올랐다.

"전 됐으니까 그만 챙기시고 드세요, 좀."

"너부터 먹이고."

라나사의 접시는 아직 먹지 않은 음식들로 수북했지만, 아이작은 단호했다.

"몸의 균형이 잘 잡히긴 했는데, 너무 말랐어. 당분간은 고기 위주로 식사하는 게 좋겠다."

"⋯네."

라나사는 순순히 고개를 끄덕이고는 입으로 고기를 가져갔다. 사실 내심 살짝 긴장하고 있었다. 설마 그녀에게도 입에 직접 넣어 주면 어쩌나 하고 말이다.

19년 만에 만난 친부와 되도록 잘 지내고 싶은 라나사지만, 그것만은 목에 칼이 들어와도 하지 못할 것 같았다.

"근데, 다들 내 딸이 1학년 때부터 내리 수석만 하고 있다는 건 알고 있나?"

"이젠 딸 자랑할 시간입니까?"

"아주 가지가지 하십니다."

"총각 앞에서 적당히 좀 하십시오. 네?"

후배들의 타박에도 아이작은 끄떡하지 않았다. 헛되게 보낸 지난 시간만 생각하면 지금도 불쑥불쑥 분노가 치밀었다. 그걸 만회할 수만 있다면 그는 뭐든 할 작정이었다.

"그러고 보니, 저 휴가 좀 주십시오."

릴리스의 결혼식 일로 공작과 리암 간에 얘기가 오갈 때, 아이작이 난데없이 휴가를 요청했다.

"아직 근신 중인 걸로 아는데?"

"그러니까 휴가 가기에도 딱 아닙니까?"

아이작의 눈빛 신호에, 머뭇거리던 사다드가 마지못해 동조했다.

"뭐, 근신 기간도 이제 얼마 남지 않긴 했네요. 당장 바쁜 일도 없고 하니, 별다른 사고만 치지 않으신다면야 휴가를 가서도 무방할 듯합니다."

"들으셨죠?"

"근신은 말이나 행동을 삼가고 조심하는 거지, 어디 놀러 가라고 있는 게 아닐세."

"누가 놀러 간답니까?"

"…그럼 뭘 하려는 건가?"

"결혼할 겁니다."

아이작이 허리를 꼿꼿이 세운 채 모두 들으라는 듯 크게 말했다.

"선배……!"

"…뭘 해?"

예상치 못한 그의 말에 가장 놀란 사람은 라나사였다. 그녀가 사레들린 듯 컥컥거리며 물을 찾았다.

"간단하게 할 겁니다. 클로에도 저도 요란한 건 싫어서요."

라나사에게 물을 건네며 아이작이 담담히 말을 전했다.

"세이모어 백작님께는 말씀드렸습니까?"

당연히 그런 다음에 발표하시는 거죠?

사다드의 질문에는 그런 전제가 깔려 있었다.

하지만 아이작은 본래가 제멋대로였다.

"집에도 알리긴 해야지. 내년 봄쯤에 본가에 들를까 해."

클로에와는 이미 말을 맞춘 듯, 그녀가 아이작을 보며 수줍게 웃었다. 그러자 그가 그녀의 머릿결을 다정하게 쓸어내렸다. 누가 봐도 서로에게 흠뻑 빠진 연인의 모습이었다.

"기각."

잠시 침묵하던 공작은 엄한 음성으로 반대했다.

"예에?"

축하한다는 말을 들을 줄 알았던지, 아이작은 황당하다는 듯 입을 벌렸다.

"그건 그랜트에게 못 할 짓이야."

"형님께는 제가……."

"그랜트가 곧 제 식구를 데리고 해밀턴으로 온다더군."

"…형님이 여기로요?"

"자네 딸에게 얘기 못 들었나?"

란데르트 공작은 바율에게서 들은 것이었다. 아이작이 이게 무슨 소리냐는 듯 라나사를 돌아보자 그녀가 짧게 로건과의 대화를 털어놓았다.

"그러니 식은 그랜트가 오거든 올리게. 신혼여행지로는 랑트가 좋겠군."

이미 제국 전역으로 랑트에 대한 이야기가 퍼져 나가고 있었다. 관광객 유치를 위해 특별히 광고지까지 동원되었다.

바율은 내일 바로 랑트로 출발할 생각이었다. 랑트가 관광 도시로써 손님을 맞이하는 첫해이니만큼 조금 더 꼼꼼하게 영지를 손보기 위해서였다.

"자네는 특별히 십 퍼센트 할인해 주겠네."

라나사의 부모님이시고 신혼여행이니 돈은 받지 않겠다고 말하려던 참이었다. 한데 그런 바율의 생각을 미리 읽기라도 한 듯, 란데르트 공작은 자못 지엄한 목소리로 선수를 치며 못을 박았다.

Chapter 10.
온천 도시, 랑트

1.

랑트에 도착한 바율은 깜짝 놀랐다. 수개월 만에 다시 방문한 그의 영지는 완전히 바뀌어 있었다.

도시의 구조나 틀 자체는 바율이 만들고 간 그대로였지만, 거기에 사람의 손길이 닿아서인지 분위기가 사뭇 달랐다.

랑트에 오신 것을 진심으로 환영합니다.

협곡의 초입에는 방문객을 환영한다는 문구가 적힌 커다란 현수막이 걸려 있었다. 그곳에서부터 중앙의 광장까지 쭉 뻗은 대로의 양옆으로 식당과 점포들이 늘어서 있었다.

각 상점은 저마다 특색 있는 간판과 함께 비바람을 막아 줄 차양이 쳐 있었는데, 의도한 것인지 어쩐지 모르겠지만 전부 따뜻한 느낌의 색깔들로 꾸며져 있었다.

덕분에 지붕이며 나무에 하얀 눈이 소복하게 쌓여 있음에도 춥다는 생각이 별로 들지 않았다. 주변 인가와 상가의 굴뚝에서 몽글몽글 솟아나는 연기 때문인 것 같기도 했다.

높다란 절벽은 북에서 불어오는 찬 기운을 막아 주었고, 온천 호수에선 뜨거운 수증기가 자욱하게 피어오르고 있었다. 잠시지만 지금이 겨울이라는 것도 잊을 만큼 랑트의 첫인상은 무척이나 따스했다.

"사다드 경이 정말 많이 애쓰셨네요."

"겨우 이 정도로 감탄하시면 곤란한데요."

랑트를 온천 도시로 개장하는 데 가장 큰 공을 세운 건 누가 뭐래도 사다드였다. 정령들의 도움이 핵심적이긴 했지만, 애초에 그가 없었다면 시도조차 할 수 없었다.

란데르트 공작의 수행 기사인 그가 바율을 따라 며칠 먼저 온 것은 그래서였다.

"정작 중요한 건 아직 보지도 못하셨습니다."

바율이 사다드의 설명을 들으며 대로를 걷는 동안, 그를 향한 시선들이 점점 늘어 갔다.

영주인 바율을 직접 본 적이 없으니 긴가민가하고 있을 무렵, 누군가 '란데르트 백작님이시다!' 하고 소리쳤다. 그러자 다들 약속이라도 한 듯 맨바닥에 엎드리며 인사를 올렸다.

당황한 바율이 일어나라며 몇 번을 말해도 소용없었다. 그들에게 바율은 영주이기 이전에 은인이었다.

온천 도시가 생김으로써 토착민들은 더 이상 겨울을 두려워하지 않아도 되었다. 바율은 그들에게 따뜻한 집과 일자리를 마련해 주었다.

뿐인가. 이제 노예 사냥꾼에게 잡혀갈 염려 또한 없었다. 그것만으로도 감지덕지하거늘 2년간 조세와 부역까지도 면제였다.

대관절 어느 영주가 이런 은덕을 베풀 수 있단 말인가.

놀랍게도 이러한 조건은 해밀턴에서 넘어온 이주민들에게도 똑같이 적용되었다. 생활이 자리를 잡을 때까지 체류비를 지원해 주는 제도를 도입한 탓인지, 해밀턴에서 살겠다고 터전을 버리고 온 많은 이들이 주저 없이 랑트로 거주지를 옮겼다.

그들에게도 바율은 은인이나 마찬가지였다.

요즘 랑트 시민들에게 바율은 '아낌없이 주는 영주님' 이라 불리고 있었다.

"저게 뭔지 아십니까?"

영지민들에게 꽤 오래 붙잡혔다가 겨우 탈출하는 바람에, 바율은 도시의 입구에서 온천 호수까지 걸어오는 데만 족히 몇 시간이 걸렸다.

"…돌상인가요?"

진이 빠진 바율이 작게 숨을 돌리며, 자세히 보겠다는 듯 눈매를 좁혔다. 그러던 그의 눈이 일순 커졌다.

"이노센트……?"

육지와 호수 중앙의 달맞이 섬을 잇는 다리 옆에, 뜬금없이 이노센트의 돌상이 우뚝 서 있었다. 심지어 멀리서도 한눈에 보일 만큼 크기가 꽤 컸다.

"온천은 물, 이노센트는 물의 정령이지 않습니까? 멀리까지 왔으니 기념할 만한 그림 하나는 얻어 가야지요."

사다드의 말을 듣고 근처에 가 보니 이미 곳곳에 거리 화가들이 자리를 잡고 있었다. 지금은 이용객이 소수의 영지민들뿐이었지만, 바율은 곧 저들 모두 바빠질 거라고 확신했다.

원래부터 돌공예가 발달한 지역이라고 하더니, 과연 석공의 솜씨가 절로 탄성을 불러일으켰다. 상급 정령의 모습으로 세공된 이노센트의 돌상은 실물과 거의 흡사한 수준이었다.

"나는? 나는 없어?"

어느 틈에 왔는지, 템페스타가 이노센트의 석상 옆에서 가자미눈을 한 채 사다드를 노려보았다. 평소였더라면 그런 녀석의 옆에서 기고만장했을 이노센트가 여기에 없다는 게 천만다행이었다. 그녀는 현재 온천 호수에 푹 빠져서 나올 생각이 전혀 없는 듯했다.

"당연히 있다마다!"

템페스타를 어떻게 달래 줘야 하나 바율이 막 걱정하려는 찰나, 사다드가 뜻밖에도 절벽 위를 가리키며 한쪽 눈을 찡긋거렸다.

"저기? 저기에 나도 있어?"

사다드가 고개를 끄덕거리자 템페스타가 바람같이 날아갔다.

"우와! 바율, 진짜야! 나랑 똑같이 생겼어!"

녀석은 되돌아오는 것도 순식간이었다. 잔뜩 흥분해서는 조금 전 보고 온 자신의 모습에 대해 쉴 새 없이 떠들었다.

"저긴 그때 아버지께서 일출을 보시던 곳이죠?"

"네, 도련님. 안내판에는 전망대라고 쓰여 있지만, 아마 일출 명소로 불리게 될 겁니다. 석양도 아주 끝내주죠."

절벽 위에서 마주했던 장관을 바율도 여전히 기억하고 있었다. 랑트를 관광 도시로 만들겠다던 포부가 허튼소리는 아니었는지, 사다드의 기획력에 바율은 다시 한번 감탄했다.

"스피넬과 셰임은 어디 있습니까?"

이쯤 되면 바율도 눈치라는 게 있다. 정령을 어떻게든 이용해 먹으려는 사다드의 계략(?)을 모르려야 모를 수가 없었다.

"이쪽으로 오십시오."

사다드는 천연덕스럽게 어깨를 으쓱이곤 바율을 팔레즈 호텔의 정문으로 데려갔다. 팔레즈는 절벽이란 뜻의 북쪽 방언으로, 아버지께서 손수 지어 주셨다.

"셰임이군요."

호텔의 정문은 랑트의 어느 곳보다 화려하게 치장되어 있었다. 마차가 편하게 오갈 수 있도록 도로의 폭을 넓히고 로터리를 세웠다. 셰임의 돌상은 그 로터리의 중앙을 차지하고 있었다.

"…어?"

그때였다. 일행이 고개를 젖히고 석상을 감상하는데, 별안간 지면에서 색색의 꽃들이 피어났다. 처음 한두 개로 시작한 꽃송이가 로터리 전체를 감싸는 것은 순식간이었다.

"설마 셰임입니까?"

사다드의 물음에 바율은 살포시 미소 지으며 긍정했다.

어딘가에서 얼굴을 붉힌 채 부끄러워하고 있을 셰임을 떠올리니 차마 소리 내어 웃을 수가 없었다.

한겨울에 피어난 꽃밭이라. 호텔을 드나드는 손님들이 더할 나위 없이 좋아할 거란 예감이 들었다.

"이제 남은 건 스피넬이네요."

이노센트와 템페스타, 그리고 셰임 모두 각자 어울릴 만한 장소에 돌상이 세워졌다. 바율은 불의 정령인 스피넬의 석상이 있을 법한 곳을 머릿속으로 곰곰이 따져 봤지만, 바로 생각나는 장소가 없었다.

"거기까지는 두어 시간 정도가 필요합니다."

"두어 시간이요?"

"예. 인근에 야트막한 분화구가 있더라고요. 운동 삼아 걷기에 좋을 것 같아서 그곳까지 트래킹 코스를 만들어 두었습니다. 끝자락에 당도하면 스피넬의 돌상을 볼 수 있으니, 훌륭한 동기가 되겠죠?"

"랑트에서 할 수 있는 게 온천만이 아니었네요. 대단하십니다."

바율은 사다드에게 따로 수고비를 챙겨 줘야 할지 말아야 할지 홀로 진지한 고민에 휩싸였다. 그의 능력을 한 번도 얕잡아 본 적은 없지만, 이렇게까지 완벽히 처리할 거란 예측 역시 하지 못했다.

"온천 개장을 기념하고 축하하는 뜻으로 행사를 기획 중입니다. 돌상이 있는 곳마다 스탬프를 설치해서 그 스탬프를 모두 찍어 오는 사람들에게 선물 증정을 하려고 하는데, 어떻게 생각하십니까?"

"어…… 저라면 꼭 해 보고 싶을 것 같아요. 근데 스탬프는 어디다 찍어야 하죠?"

어느새 바율은 사다드의 기획력에 빠져들었다. 저 자신이 손님이 된 것처럼 설레기까지 했다.

"음. 그거야 각자 사람들 나름이겠지만, 손이나 팔에 가장 많이 찍어 오지 않겠습니까?"

"아, 그렇겠네요. 선물은 뭐로 준비하실 건데요? 혹시 전에 말씀하신, 돌로 만든 정령들의 모형인가요?"

"에이, 시중에서 판매하는 걸 주는 게 무슨 의미가 있겠습니까? 그건 너무 시시하죠. 도련님께도 위신이라는 게 있으실 텐데."

사다드의 미소가 왠지 모르게 수상하다고 느껴지는 순간, 그가 주머니에서 불쑥 뭔가를 꺼냈다. 그걸 본 바율의 눈가가 파르르 떨렸다.

"이건…… 저 아닙니까?"

"바율 도련님 맞습니다."

"설마 저까지 돌로 조각하신 거예요?"

사다드에게서 조각상을 받아든 바율은 믿기지 않는다는 듯한 표정이었다.

"랑트는 도련님의 도시입니다. 누누이 말씀드렸다시피, 제국의 위대한 첫 번째 정령사가 아니십니까? 온천도 온천이지만, 랑트로 향하는 수많은 이들은 도련님을 뵙길 원할 겁니다. 이건 그들에게 주는 작은 선물인 셈이죠. 도련님을 일일이 만나게 해 줄 수는 없으니까요."

"하지만 이건 너무……."

창피하다는 말이 목구멍에서 막혀 나오지 않았다. 제 얼굴이 조각된 공예품을 받기 위해 랑트 곳곳을 돌아다닐 사람들을 생각하자 바율은 어딘가로 숨어 버리고 싶은 심정이었다.

"저는 솔직히 도련님의 돌상도 크게 제작하고 싶었는데, 공작 전하께서 말리셔서 참았습니다."

불행 중 다행이었다. 그것마저 있었다면 바율은 몸소 나서 그것을 치워 버렸을지도 몰랐다.

"그럼 마지막 점검을 하러 가 보실까요?"

사다드가 안내한 곳은 도시라면 꼭 필요한 장소, 바로 신전이었다. 규모가 아주 크지도 않은, 그렇다고 그리 작지도 않은 신전이 협곡의 끄트머리에 위용을 뽐내며 세워져 있었다.

"오호! 내 신전이 하나 더 늘어났군."

줄곧 심드렁한 눈빛으로 기웃대며 따라오던 데스가 만족스럽다는 듯 신전의 외양을 훑어 내렸다.

랑트에 어떤 신전이 있기를 바라냐는 바율의 질문에 리타는 한 치의 망설임도 없이 절망의 신전을 택했다. 그에 크루델리스가 냉혹의 신전은 어떠냐며 황급히 물었지만, 그건 하지 않으니만 못한 질문이었다.

냉혹의 신전이요? 그런 신전도 있었어요?

의도치 않게 마황의 가슴에 생채기를 남긴 그녀는 랑트에서도 절망의 신전을 갈 수 있게 되어서 매우 기쁘다는 말로 그를 또 한 번 무너뜨렸다.

마황의 체면이 말도 못 하게 깎였지만, 상대가 상대인지라 크루델리스는 차마 반박은커녕 입도 벙긋할 수 없었다.

"근래 절망의 신전 신도 수가 엄청나게 증가하고 있다고 들었습니다. 이래저래 랑트에도 도움이 될 것 같아 감사하게 생각하고 있습니다."

"나도 밥값은 해야지. 누구처럼 양심 없는 식충이는 아니라서."

남들이 보기엔 데스나 마황이나 거기서 거기였지만, 아

무도 그 생각을 입 밖으로 꺼내지는 않았다. 두 형제가 싸우길 원하는 사람은 아무도 없었다.

"곧 손님들이 몰려올 텐데, 제가 직접 손봤으면 하는 곳이 있으면 말씀해 주세요."

"그럼 부탁드리겠습니다."

사다드는 기다렸다는 듯 지도를 펼치고 몇 군데를 짚었다. 바율은 곧바로 정령들과 함께 정비에 나섰고, 마족 형제들은 적성을 살려 호텔 실내를 윤이 나도록 청소했다.

그렇게 며칠 후, 바율이 완전히 준비를 마침과 동시에 관광객들이 마차를 이끌고 서서히 밀려들었다. 제국민들에게 랑트는 북쪽의 오지나 마찬가지였지만, 그곳의 주인은 대륙에 하나뿐이라는 정령사 바율이었다.

관광보다는 바율에 대한 호기심으로 랑트를 찾아온 그들은 가장 먼저 도시의 절경에 놀랐고, 그다음으론 안락하고 편한 호텔, 그리고 몸을 사르르 녹이는 아름답고 따뜻한 온천수에 마음을 홀딱 뺏겼다.

정령들의 돌상은 예상대로 인기 폭발이었다. 운이 좋으면 근처에서 정령을 만날 수도 있다는 소문이 돌면서 방문객들을 설레게 했다.

그건 일정 부분 사실이기도 했다. 이노센트와 템페스타가 누가 많이 찾아오나 경합이라도 벌이듯 굴었기 때문이다.

광고지의 효과인지 하루가 다르게 손님은 계속 늘었고, 그것은 곧 랑트에 더 큰 활기를 불어넣었다.

세이모어 백작과 그의 가족이 랑트에 도착한 것은 그즈음이었다.

2.

"어머머! 호텔 안은 밖보다 더 훌륭하네!"

팔레즈 호텔의 내부 전경을 마주한 아네트는 연신 호들갑을 떨었다. 황도에서 가장 고급스럽고 비싼 호텔에서도 묵어 봤지만, 이처럼 압도적인 느낌은 받지 못했다.

"절벽 속에 어떻게 이런 공간이 숨어 있을 수가 있지?"

밖과 달리 안은 초록의 식물들로 가득했다. 천장에선 거대한 샹들리에가 휘황찬란한 빛을 발산하며 존재감을 뿜어냈고, 바닥에는 격자무늬가 새겨진 화려한 붉은색 양탄자가 깔려 있었다.

벽면에는 랑트의 곳곳을 표현한 그림들이 벽화로 새겨져 있어 로비를 오가는 손님들의 시선을 한데 빼앗았다. 향기로운 꽃 내음에 훈훈하게 몸을 감싸 오는 온풍까지. 그야말로 모든 것이 완벽했다.

"이게 다 동서랑 라나사 덕분이야!"

아네트가 돌연 클로에와 라나사의 손을 붙들며 칭찬을 늘어놓았다.

"둘 아니었으면 내가 언제 이런 데를 와 보겠어? 정말 고마워! 우리 망나…… 아니, 도련님이랑 결혼까지 해 줘서 내가 진짜 얼마나 감사한지 동서는 모를 거야."

"저야말로 환대해 주셔서 너무 감사한걸요. 결혼식에 와 주신 것도, 웨딩드레스까지 마련해 주신 것도 전부 다 감사드려요."

클로에는 아네트의 손을 맞잡으며 진심으로 고마움을 표했다.

제 평생 다시는 이런 행복한 순간이 올 거라고 생각하지 못한 채 살았었다. 그녀는 아직도 밤마다 잠들기 전이면 지금이 꿈인가 하고 볼을 꼬집어 보곤 했다. 그리고 곧 이어지는 통증에 안도하며 이 행복이 지속되게 해 달라고 신에게 기도했다.

"설마 또 울려는 건 아니지?"

아네트의 활달한 말투와 달리 클로에는 표정이며 목소리가 진지하기만 했다. 결혼식이 진행되는 동안 내내 눈물을 삼키지 못했던 그녀의 동서는 아무래도 심성이 유리알처럼 연약한 게 분명했다.

"시커먼 사내들만 득실거리던 집안에 이렇게 어여쁜 여인이 둘이나 생겨서 나는 요즘 밥을 안 먹어도 배부르다니까? 앞으로 필요한 거 있으면 뭐든 말만 해, 동서. 내가 다해 줄게!"

아네트와 클로에는 불과 며칠 전에 처음 만났다. 각각 세이모어가의 사내와 혼인을 하면서 형님과 동서라는 관계로 엮였지만, 그녀는 손윗사람이라고 텃세를 부리기는커녕 첫날부터 마치 클로에를 친동생처럼 여기며 살갑게 대했다.

"라나사도 마찬가지다. 알지?"

"네, 큰어머님."

"애는, 또 그런다. 그냥 큰엄마라고 부르라니까."

"…네, 큰엄마."

마지못해 내뱉는 라나사의 대답에도 아네트는 뭐가 그리 좋은지 환한 웃음을 지었다.

평생을 딸 하나만 낳게 해 달라고 빌고 또 빌었지만, 신은 끝내 그녀의 소원을 저버렸다. 눈에 넣어도 아프지 않을 아들 셋을 얻긴 했으나, 그와는 별개로 느지막이 생긴 조카 딸이 아네트는 그저 예쁘기만 했다.

그리고 그건 세이모어 가문의 삼남 세드릭도 마찬가지였다.

"누님, 우리 온천에는 언제 가요?"

"온천에 가고 싶어?"

"네! 물놀이하고 싶어요. 누님이랑 같이."

올해 여덟 살인 세드릭은 라나사를 보자마자 첫눈에 흠뻑 반했다. 세이모어가의 남자들 특징이라 할 수 있는 흑발에 금안을 가진 어린 소년은 아까부터 라나사의 손을 목숨줄처럼 잡고 있었다.

"세드릭, 방금 도착했잖아. 짐도 풀어야 하고, 식사도 해야지. 라나사 누나 그만 귀찮게 하고 이리 와."

"싫어요!"

라피트의 부름에 세드릭이 팩 소리를 지르며 라나사의 허리를 두 팔로 꽉 끌어안았다. 절대로 라피트에게 가지 않겠다는 의지였다.

"세드릭, 형 말 들어야지?"

라피트의 미간에 미세한 균열이 일었다. 여덟 살이나 어린 동생의 하극상에도 평소처럼 꿀밤이 나가지 않은 건 호텔의 로비에 보는 눈들이 많은 탓이었다.

"저는 누님과 같이 잠도 자고, 같이 밥도 먹을 겁니다. 이제 형님들과는 말도 안 할 거라고요!"

"진짜?"

"네! 대련도 누님하고만 할 거예요!"

그간 두 형님에게 쌓여 있던 감정이 강둑이 무너지듯 와 르르 흘러넘쳤다.

세드릭은 어리지만, 본능적으로 사람을 알아봤다. 자신 의 사촌 누님은 무자비한 형님들과는 전혀 다르다는 것을.

녀석의 잔인무도한 형님들은 어리다고 봐주는 법이 없었 다. 대련을 할 때마다 숱하게 얻어맞아 이제 웬만한 충격으 론 멍도 안 들 정도다.

하지만 그렇다고 아프지 않은 것은 아니었다. 세드릭은 라나사를 절대 놓칠 수 없었다.

"난 뭐, 그래도 상관없긴 해."

귀찮은 혹이 알아서 떨어져 준다면 라피트 입장에선 되 레 고마운 일이었다. 사실 세드릭의 집착에 순간순간 당황 하는 라나사를 보는 것도 녀석에게는 재미있는 눈요기였 다.

"세드릭, 그만하고 이리 와."

로건은 한숨을 내쉬며 막내에게 손짓했다. 아무리 어려 서 철이 없다지만, 이제 갓 만난 사촌에게 왜 저러나 싶었 다. 그는 솔직히 라나사가 화를 내면 어쩌나 내심 걱정이었 는데, 의외로 아직까지는 잘 참아 주고 있었다.

"싫습니다!"

"싫어도 안 되는 건 안 되는 거야."

로건의 단호한 음성에도 세드릭은 완강했다. 황금빛 눈동자를 부릅뜨며 대드는 녀석의 모습은 로건에게나 라피트에게나 제법 생경한 장면이었다.

이 자식이 갑자기 미쳤나?

왜 안 하던 짓을 하고 그래?

어린 동생을 바라보는 두 형제의 표정은 대단히 흡사했다. 이제껏 이런 식으로 반항을 했던 적이 없었기에 더 그랬다.

그러나 누구에게나 무서운 존재는 있기 마련이었다. 호텔 감상에 푹 빠져 있던 아네트가 이내 현실로 돌아왔다.

"세드릭, 라나사 누나는 이제 엄마랑 시간을 보내야 하거든? 그러니까 그 손 놓지 않으련?"

"…왜요?"

주춤거리긴 했으나 세드릭은 결코 손만은 놓지 않았다.

"왜긴, 여자들만의 시간을 보내기 위해서지. 아, 이 순간을 얼마나 기다렸던지!"

아네트는 잠시 후 클로에와 라나사를 데리고 쇼핑할 생각에 벌써부터 잔뜩 흥이 솟았다.

"소자도 가겠습니다."

"너는 남자잖니. 남자는 안 돼!"

"호위는 필요하시잖아요. 소자가 어머님과 작은어머님, 그리고 누님을 지키겠습니다!"

어깨를 펴며 당당히 외치는 자세가 자못 사내다웠다.

"세드릭, 호위는 없어도 돼. 고집 피우지 말고 형들하고 어서 올라가렴."

"…소자는 라나사 누님과 함께 있고 싶습니다."

세드릭은 이제 거의 울 것 같은 얼굴이었다. 또박또박 의지를 내보이고는 있지만, 이미 제 마음대로 되지 않을 거란 걸 아는 눈치였다.

"제가 세드릭과 같이 놀고 있을게요. 엄마와 두 분이서 오붓하게 다녀오세요."

결국 세드릭을 위해 나선 것은 라나사였다. 세드릭의 작은 손을 차마 놓을 수 없었던 라나사는 애써 웃으며 그리 결정했다. 솔직히 말은 하지 못했지만, 아네트와 시간을 보내는 것보다는 차라리 이편이 나았다.

며칠 지켜본바 그녀의 큰엄마는 소탈하고 좋으신 분이었지만, 함께하면 피곤한 것도 사실이었다. 여기저기 끌려다닐 바에야 세드릭을 돌보는 것이 덜 피로했다.

기실 조그만 녀석이 귀엽기도 했다. 동글동글하게 생겨서는 말끝마다 존댓말을 꼬박꼬박 사용하는 게, 웃음이 빈질 때가 있었다.

"난 그럴 수 없다! 큰엄마가 돼서 조카딸에게 옷 한 벌 사 준 적 없다는 게 말이 되니?"

"옷은 이미……."

"그래, 많겠지. 하지만 내가 사 준 건 없잖니?"

"…그건 그렇죠."

"여보, 들었죠?"

아네트는 긴말하지 않았다. 그저 삐뚜름하게 남편을 바라볼 뿐이었다. 그러자 여태 꿀 먹은 벙어리처럼 한마디도 하지 않던 세이모어 백작이 막내아들을 와락 들어 안았다.

"세드릭, 그러지 말고 아버지랑 놀자꾸나."

"싫습니다, 아버님. 놓아 주십시오!"

"우리가 묵을 곳이 어디라고 했지?"

아들의 반항에도 모른 척 고개를 돌린 백작이 급히 물었다. 그에 그의 수행 기사가 재빨리 계단을 가리키며 앞장섰다.

"난 먼저 올라가 있을 테니, 제수씨와 잘 다녀와. 라나사도 즐거운 시간 보내려무나."

세이모어 백작이 인사를 하고 막 발걸음을 떼려는 순간이었다.

"어? 바율 형이다!"

라피트의 눈에 계단에서 내려오는 바율의 모습이 잡혔다. 바율은 간밤에 내린 폭설로 엉망이 된 옥상을 마족들과 같이 치우고 내려오는 길이었다.

"로건! 라나사!"

바율이 함박웃음을 지으며 뛰어 내려왔다. 안 그래도 친구들이 언제쯤 도착할까 기다리던 차였다.

"오랜만에 뵙습니다."

바율은 예를 갖춰 아네트에게 먼저 인사를 올렸다.

"이제는 란데르트 백작님이라고 불러야 할까요?"

아네트는 짐짓 장난스러운 어투로 바율의 인사를 받았다. 예전의 허약하던 바율이 아니라고 남편과 아들에게 익히 듣기는 했지만, 실제로 대면하니 다행이면서도 대견하다 싶었다. 하얀 얼굴에 몸은 여전히 말랐지만, 녀석에게서는 전과 다른 생기가 느껴졌다.

"그냥 전처럼 편하게 이름으로 불러 주십시오."

"아무래도 그게 낫겠지?"

"네."

"알겠다. 이런 멋진 곳에 초대해 줘서 고맙구나."

"언제든지 놀러 오십시오."

바율은 미소를 머금은 채 그녀의 뒤쪽을 힐긋거렸다.

"그런데 아버지께서 안 보이시네요?"

"형님은 내일 오실 게다. 사다드가 없으니 할 일이 많다며 투덜거리시더구나."

"제가 하루라도 빨리 랑트의 관리인을 구해야겠네요."

그래야 아버지께 덜 죄송할 것 같았다. 안 그래도 바쁜 아버지의 사람을 언제까지 여기에 묶어 둘 순 없었다.

"자자, 자세한 얘기들은 사내들끼리 올라가서 마저 하세요. 우린 얼른 나가 봐야겠으니."

마차를 타고 대로를 달리며 보았던 바깥의 풍경이 머릿속에서 계속 어른거렸다. 온천도 온천이지만, 아네트에겐 지금 점포 구경이 더 시급했다. 그녀의 쇼핑 욕구는 이미 최대치로 올라간 상태였다.

그러나 변수는 늘 예고도 없이 찾아오는 법이었다.

"클로에는 안 됩니다, 형수님."

"도련님……?"

"저희 이제 막 결혼했습니다."

"그래서요?"

"여긴 신혼여행차 온 것입니다."

아이작의 말이 길어질수록 아네트의 안색이 굳어졌다. 그녀는 망나니 도련님이 그다음으로 무슨 말을 내뱉을지 알 것 같았다.

그래서 선수를 치기로 했다.

"잠깐! 잠깐만요!"

아네트는 심호흡을 한 뒤 조심스럽게 운을 뗐다.

"딱 하루. 오늘만 어떻게 안 될까요?"

"안 됩니다."

"하나뿐인 형수의 로망인데도요?"

"기사단으로 복귀하기 전까지는 클로에와 한시도 떨어질 수 없습니다."

어떻게 얻은 휴가인데, 그 소중한 시간을 형수에게 뺏기겠는가. 아이작은 절대 양보할 수 없었다.

"그럼 저 먼저 올라가 보겠습니다."

형수의 얼굴이 붉으락푸르락 변하는 것을 아는지 모르는지, 아이작이 주저하는 클로에를 거의 안다시피 하며 서둘러 숙소로 향했다. 그는 당분간 방에서 나올 생각이 전혀 없었다.

"아버님, 소자도 이만 내려 주십시오."

"…어?"

세드릭의 갑작스러운 청에 세이모어 백작은 얼결에 녀석을 내려놓았다. 사실 그는 아내의 심기를 살피느라 정신이 없었다.

"누님."

세드릭이 조용히 라나사에게로 다가왔다.

"작은어머님께서 숙부님과 함께 가셨으니, 누님은 저와 함께 계실 수 있는 거죠?"

"으음, 아마도?"

엄마도 없이 아네트를 상대하는 건 라나사에게 무진장 어려운 일이었다. 그녀에게 잡히기 전에 사촌 동생에게 끌려가는 편이 훨씬 나을 것이다.

"그럼 우리 온천 호수로 가요."

그렇게 해서 세드릭이 원하는 대로 라나사는 큰어머니의 손을 벗어나 온천으로 향했다.

동생을 라나사에게만 맡길 수 없다는 이유로 로건과 라피트도 어쩔 수 없이 그 무리에 동참했다. 바율도 오랜만에 업무를 접고 친구들의 놀이에 기꺼이 합류했다.

남녀가 함께 어우러져 놀 수 있도록 온천용 의복이 따로 준비되어 있었기에 가능한 일이었다. 바율은 사다드의 준비성에 다시금 감탄했다.

"미우우우!"

이노센트까지 동원해서 신나게 놀다 보니 어느덧 해가 뉘엿뉘엿 지고 있었다. 노곤해진 몸을 돌에 기대고 멍하니 하늘을 올려다보던 그들의 눈에 불현듯 익숙한 새 한 마리가 들어왔다.

"으아악!"

"모, 몬스터다!"

거대한 새의 크기에 놀란 사람들이 비명을 지르며 온천탕을 벗어나 달리기 시작했다.

하지만 그들의 우려와 달리 지면을 울리며 착지한 것은 잉그리드였다.

"다들 여기 있었냐?"

에이단과 일라이, 그리고 퀸과 싱클레어가 그런 잉그리드의 등에서 아무렇지도 않게 내려섰다.

"잉그리드!"

반가운 친구의 등장에 이노센트가 물보라를 일으키며 날아오르자 노을과 한데 어우러져 예상치 못한 진풍경이 펼쳐졌다.

놀라서 도망치던 사람들은 잠시 상황도 잊고 그 광경을 넋을 잃은 채 바라보았다.

"어떻게 다 같이 왔어?"

에이단과 일라이, 퀸까지는 그렇다 치지만 싱클레어가 함께 온 것은 대단히 의외였다. 일국의 왕자가 수하도 없이 이렇게 자유롭게 나다닐 수 있는 것인가?

"내가 끼워 달라고 부탁했었어. 아무래도 마차를 타고 오는 것보다는 편할 것 같아서."

"생각보다 별로 안 무서웠지?"

"응, 에이단. 고마워."

웃으며 대꾸하는 싱클레어는 첫 만남 때보다 확실히 표정이 편해 보였다.

"어? 그러고 보니 이제 발은 다 나은 모양이지?"

"아, 응. 이제 괜찮아졌어."

싱클레어가 보란 듯이 제자리에서 다리를 움직였다.

"다행이다. 너무 안 나아서 걱정했었거든."

"어떻게 시기가 딱 맞아떨어졌네? 랑트에 오라는 신의 계시였나 봐. 나까지 초청해 줘서 고마워, 바율. 덕분에 신나는 방학이 될 것 같아."

그 순간 왜였을까?

자신을 보며 활짝 웃는 싱클레어의 미소에서 바율은 난데없이 묘한 기시감이 들었다.

마치 언젠가 본 적이 있는 듯한 그런 느낌.

아직 따스한 온천에 몸을 담그고 있는 상태인데도, 바율은 갑자기 으슬으슬 오한에 휩싸였다. 이상한 일이었다.

〈다음 권에 계속〉

ETAN
에탄

ORIGINAL FANTASY STORY & ADVENTURE

쥬논 판타지 장편소설

**〈흡혈왕 바하문트〉, 〈샤피로〉, 〈하라간〉을 잇는
쥬논의 사대신수 시리즈, 그 마지막 이야기!**

혹독한 훈련을 받고 가문을 위한 희생양으로서
다른 차원으로 보내진 이탄.
듀라한으로 다시 태어난 그는 신관이 되어
본래 세계로 돌아갈 방법을 찾기 시작한다.

★
dream
books
드림북스

『제왕록』, 『무림에 가다』 시리즈의 작가 박정수
그가 거침없는 현대 판타지로 돌아왔다!

『신화의 전장』

주먹을 믿지 마라.
우리가 살아가는 이 땅에 인간을 벗어난 자들이 존재한다.

dream
books
드림북스

換生王

환생왕

요도 김남재 신무협 장편소설

ORIENTAL FANTASY STORY & ADVENTURE

정체를 알 수 없는 세력들에 의해
비참한 최후를 맞이한
천룡성(天龍城)의 후계자 천무진.
그런 그에게 찾아온 또 한 번의 삶.
그리고 그를 돕기 위해 나타난 여인 백아린.

"이번엔…… 당하지 않는다."

이젠 되돌려 줄 차례다.
새로운 용이 강호를 뒤흔든다!

dream
books
드림북스

DREAMBOOKS★